BRISAS DE PRIMAVERA

Julia de Asensi.

Julia de Asensi

BRISAS DE PRIMAVERA

Cuentos para Niños y Niñas

Copyright © 2007 BiblioBazaar
All rights reserved
ISBN: 978-1-4346-5239-3

Original copyright: 1897

BRISAS DE PRIMAVERA

CONTENTS

EL RETRATO VIVO 9
PEDRO Y PERICO 16
EL POZO MÁGICO 21
LA COPA ENCANTADA 28
EL PAJE ROGER 33
LA ROSA BLANCA 43
LA HIJA DEL GIGANTE 48
EL ALTAR DE LA VIRGEN 55
LA PRINCESA ELENA 60
EL PERRO DEL CIEGO 68
EL LORO HABLADOR 73
EL COCHE MISTERIOSO 79
EL GRANO DE ARENA 83

EL RETRATO VIVO

¡Pobres mujeres y pobres niños! Ancianos y jóvenes habían formado un valeroso ejército para combatir al enemigo que había venido a sitiarlos a los mejores de sus pueblos y, no habiendo logrado vencer, habían perecido casi todos. Los pocos que vivían, hechos prisioneros, no podían ser ya el sostén de la madre, de la esposa y de los tiernos hijos. El vencedor, no contento con este triunfo, había dado orden de salir de aquella tierra a tan débiles seres.

Recogieron sus ropas y todo cuanto era fácil llevar sobre sí y que no tenía valor material alguno, y llorando los unos, suspirando los otros, y sin comprender lo que perdían los más, se alejaron despacio de sus hogares, en los que meses antes fueran tan felices.

Ya a larga distancia de su patria, los tristes emigrantes se detuvieron para descansar y también para tomar una resolución para lo porvenir.

Los que tenían familia en otras poblaciones pensaban buscar su protección; los que no, decidían, las jóvenes madres trabajar para sus hijos, las muchachas servir en casas acomodadas, los niños aprender cualquier oficio fácil, las viejas mendigar.

Pero había entre aquellos seres un niño de nueve años, que no tenía madre ni hermanos, que antes vivía solo con su padre y, después de muerto este en la pelea, quedaba abandonado en el mundo.

Se acercó a una antigua vecina suya implorando su protección.

-Nada puedo hacer por ti, Gustavo, le dijo ella, harto tendré que pensar para buscar los medios de mantener a mis dos niñas.

-Cada cual se arregle como pueda, repuso otra; no faltará en cualquier país quien te tome a su servicio, aunque sólo sea para guardar el ganado.

-Para eso llevo yo tres hijos -añadió otra mujer-; primero son ellos que Gustavo.

Y en balde se acercó el niño a los demás. Cada cual siguió su camino, y el pobre huérfano, comprendiendo que nada debía esperar de los emigrados que con él iban y entre los que no contaba con un amigo sincero, los dejó antes de la noche tomando distinta senda que los otros.

El pobre niño estaba rendido de fatiga, de hambre y de sed. Se acordaba de que en su modesto hogar nunca había carecido de nada.

Se hallaba cerca de una hermosa población, pero no creía poder llegar a ella, tal era su cansancio. En aquel camino vio un arroyo en el que bebió, y el agua le dio nuevas fuerzas para seguir andando. Antes de entrar en la ciudad divisó un pequeño castillo; las puertas y ventanas cerradas parecían indicar que no estaba habitado. A su espalda tenía un hermoso jardín, cuya cerca ruinosa permitía ver, por entre numerosas grietas, los elevados árboles, las calles cubiertas de rastrojos y muchas estatuas y fuentes. También divisó Gustavo, al resplandor del astro de la noche que enviaba sus melancólicos rayos a la tierra, un pabellón que tenía entreabierta una de sus ventanas.

-Si yo pudiese dormir ahí esta noche, se dijo, mañana encontraría quizás un albergue mejor.

Una vez pensado esto, saltó, no sin alguna dificultad, la tapia; se dirigió al pabellón y, abriendo del todo la ventana, penetró resueltamente en la habitación. Esta no era muy espaciosa y no tenía más muebles que una mesa y un diván. Del techo pendía una lámpara y en los muros, cubiertos de tapices, se divisaba un cuadro que Gustavo no podía distinguir a causa de la obscuridad que allí reinaba. Sólo veía brillar el marco dorado. No logrando satisfacer el hambre, pensó dormir al menos, y echándose en el diván, que le pareció un lecho muy blando, apoyó la cabeza en uno de sus brazos para que le sirviera de almohada.

A poco rato oyó el triste tañido de una campana distante y, llenándose sus ojos de lágrimas, murmuró:

-Así sonaba la de mi parroquia cuando yo, tenía patria.

Pero como Gustavo era un niño, aquella preocupación le duró poco, y al fin se durmió profundamente.

Cuando se despertó habían pasado algunas horas y los rayos de la luna penetraban en la habitación. Uno de ellos iluminaba el cuadro, y Gustavo pudo ver que representaba el retrato de cuerpo entero y de tamaño natural de una mujer. Era joven, bellísima, con el cabello castaño, los ojos grandes y expresivos y las facciones todas de extraordinaria perfección. Iba vestida de negro, y en una de sus blancas manos sostenía un libro encuadernado lujosamente.

Gustavo la miró largo rato; no había visto jamás un rostro más hermoso ni una mujer de mayor atractivo. Pero cuando estaba más absorto, una nube veló la luna, y el retrato volvió a quedar envuelto en las sombras.

A la mañana siguiente se despertó, resuelto a continuar su camino, pero entonces advirtió, no sin sorpresa, que la ventana por donde había entrado estaba cerrada y encendida la lámpara, que pendía del techo. ¿Iría a morir allí de hambre y de sed?

Quiso abrir las maderas, pero no lo consiguió; gritó, mas su voz no fue oída, y temiendo que le hubieran hecho prisionero, pensó, no sin espanto, que había caído en poder de algunos infames que no le soltarían fácilmente, puesto que nada podía dar para su rescate.

Mirando bien a todos lados, no tardó en ver una cesta con provisiones y un jarro de agua. ¿Será esto para mí? -se dijo mientras sacaba todo lo que contenía la cesta sobre la mesa-. Hay pan, carne, fiambre, un pollo y frutas, ¿Cuándo he comido yo cosas tan buenas? No debo dudar: puesto que han dejado esto aquí y me han encerrado, es que es mío.

Y comió con un apetito excelente.

Una vez satisfecha el hambre se encontró bastante aburrido; su única distracción era contemplar el retrato de aquella dama que parecía también mirarle.

Así se pasó el día; el aceite de la lámpara se consumió y esta cesó de arder. Apenas quedó Gustavo en la obscuridad, buscó el diván a tientas, se echó sobre él y a poco rato durmió.

Le despertó un ruido extraño y una súbita claridad; volvió los ojos hacia el retrato y vio sólo el marco.

Delante se hallaba una mujer vestida de negro, que llevaba una lámpara en la mano. Era el retrato que se había animado, tenía vida y, bajando de su lienzo, se dirigía al lado de Gustavo que le miraba con el mayor asombro.

Sí, no había duda, era ella, la hermosa dama de cabello obscuro y ojos negros; la inanimada pintura de la noche antes tenía un cuerpo, un alma, una expresión.

Gustavo creyó que soñaba, y más aún lo pensó cuando la singular mujer, llegando junto a él le miró fijamente y le dijo esta palabra sola:

-Mañana.

Tuvo el niño miedo y cerró los ojos; cuando al cabo de un rato los abrió, la visión había desaparecido, el retrato estaba en su dorado marco, pero había dejado una prueba de su presencia, la lámpara encendida. Entonces, ya excitado por lo ocurrido anteriormente, Gustavo creyó que el retrato continuaba vivo y se atrevió a hacerle diversas preguntas, a las que naturalmente no tuvo respuesta ninguna, llegando a sospechar que aquello no había sido más que una alucinación.

Al día siguiente comió el resto de sus provisiones y tuvo el intento de permanecer despierto para cuando fuese el retrato, pero, como la noche anterior, se apagó la lámpara y, Gustavo, a obscuras y solo, no pudo resistir el sueño que en breve se apoderó de él.

Al despertarse, el retrato estaba vivo otra vez; la bella dama miraba a Gustavo con ternura; iluminando su rostro la luz de la lámpara que, como la noche anterior, ardía sobre la mesa. Un vago temor se apoderó del niño, que cerró los ojos. Pero después oyó que un hombre y una mujer, el retrato, sin duda, hablaban cerca de él.

-¿No te aseguraba yo -decía ella-, que mi niño no había muerto, y que más tarde o más temprano le hallaría?

-Pero ¿es en realidad tu niño? -preguntaba el hombre.

-Ciertamente; mírale bien. Tiene el cabello castaño obscuro, como yo, la frente altiva de su padre, y en la expresión del rostro hay algo de los dos. Haciendo tanto tiempo que no me ve, le asusta mi presencia, pero ya le explicaré todo y me amará como cuando era más pequeño.

-Y ¿quién le ha traído aquí? -interrogó el hombre.

-Un ángel, sin duda, que se ha compadecido de mi llanto. Cógele en tus brazos y llévale al castillo, padre mío.

Gustavo, al oír esto, se puso súbitamente en pie y vio a un hombre de unos sesenta años, al lado de la que él continuaba llamando el retrato vivo.

-Ven, Alfredo-dijo ella.

-Señora -murmuró el niño-, mi nombre es Gustavo, y no conozco a V.

-Eso crees tú, porque te han engañado: pero yo probaré lo contrario. Sígueme.

El anciano cogió a Gustavo de la mano y, aunque él opuso una débil resistencia, le hizo salir por el marco del retrato, que era una puerta que conducía a una galería que comunicaba con el castillo.

Allí encontró a varios servidores, que le miraron con extrañeza, y la dama dejó al niño con el caballero un instante.

-Oye con atención -le dijo el anciano-, y procura no olvidar mis palabras. Esa mujer que acabas de ver es mi hija. Quedó viuda a los dos años de matrimonio, teniendo un niño de diez meses, al que hizo la desgracia viese morir también más tarde; entonces perdió ella la razón. Los médicos me dijeron que sólo una gran alegría podría salvarla; pero ¿cómo proporcionarla a la que nada debía esperar en la tierra? Al verte, ha creído que eres su hijo y la razón le vuelve poco a poco. Hace cinco años que va todas las noches a ese pabellón; ahora tú me dirás cómo te ha encontrado en él.

Gustavo refirió en breves y sentidas frases su triste historia y, viendo que el huérfano no tenía a nadie en el mundo, profirió el caballero:

-Si eres bueno, tu fortuna está hecha; mi hija y yo somos muy ricos y todo será para ti: para eso es necesario que renuncies a esa patria, a la que tanto amas a pesar de tus cortos años, y a tu nombre: serás Alfredo y no Gustavo, y yo te deberé el supremo bien de que mi hija recobre la razón creyéndote su niño. No descubras jamás este forzoso engaño, y así tendrás un amor maternal que nunca hubieses podido encontrar en el mundo.

En aquel momento entró la dama.

-¡Alfredo! -exclamó.

-¡Madre! -dijo el niño echándose en sus brazos.

Ella le besó con transporte, y luego dulces lágrimas brotaron de sus ojos, llanto de felicidad que indicaba que su vacilante razón no estaba ya perdida.

En efecto, no tardó en curarse del todo, llenando de júbilo a su anciano padre que tanto la amaba.

Gustavo, o más bien Alfredo, obtuvo todo el cariño, toda la abnegación que hubiese alcanzado el verdadero hijo de la dama, que siempre se había obstinado en creer que su niño no había muerto.

Y mientras el huérfano desvalido y abandonado, cuando salió de su patria se veía lisonjeado con los más gratos favores de la suerte, los otros emigrados arrastraban una existencia miserable, sufriendo privaciones de todos géneros. El pabellón donde hallaron a Gustavo, fue objeto de constante veneración para la dama y para el niño, el que durante mucho tiempo siguió creyendo que su supuesta madre era el retrato vivo que vio la noche de su llegada, porque, habiéndose roto el resorte que hacía se comunicase el pabellón con la galería, por medio de una puerta oculta, el lienzo no volvió a ocupar jamás su primitivo puesto.

PEDRO Y PERICO

Ocho años hacía que el príncipe Pedro había contraído matrimonio con la princesa Rosalía, la mujer más buena y más hermosa de su época, sin que Dios hubiese bendecido su unión dándoles un hijo. Los sobrinos, presuntos herederos de aquellos vastos dominios, se regocijaban interiormente al pensar que uno de ellos sería el sucesor de sus inmensas riquezas y podría disponer un día de sus pueblos y de sus vasallos. Tenían ya toda una corte de aduladores que se creían seguros de ser los futuros ministros, generales y títulos de la nación.

Pero he aquí que cuando estaban más confiados corrió por el país, en voz baja primero, públicamente después, la nueva de que la princesa iba a ser madre, por lo que había encargado que se celebrasen funciones en acción de gracias en todas las iglesias del principado.

Los sobrinos viéndose despojados súbitamente por aquel heredero importuno, empezaron a conspirar contra él antes de que naciese.

-Le haremos incapaz de reinar -dijeron-, será un imbécil, la adulación matará el germen de todo lo bueno y cuando falte su padre le derribaremos sin dificultad del trono.

-Para eso -aconsejaron otros-, le apartaremos de sus padres, dándole preceptores sin ilustración primero, y malos consejeros después.

Estas palabras fueron repetidas a la princesa por un fiel servidor, que las escuchó casualmente, llenando de dolor y de terrores el alma de la bondadosa Rosalía.

Se prepararon grandes fiestas para cuando se verificase el nacimiento; bailes, iluminaciones, banquetes y conciertos en diferentes puntos de la capital para que pudiesen disfrutarlas todas las clases sociales.

También se destinó una gran cantidad obras benéficas. Una de ellas consistía en acoger en el palacio a los niños que nacieran cuando el heredero del principado, los varones para que fuesen sus pajes después y las hembras para educarlas en un colegio que fundaría la princesa. Todos habían de llevar el mismo nombre, Pedro los muchachos y Rosalía las niñas.

Al fin, el 1.º de marzo; la princesa dio a luz un hermoso niño que fue presentado a la corte. Y el mismo día nacieron solamente seis niñas y un niño, hijos casi todos de humildes trabajadores del principado.

Las niñas con sus madres fueron instaladas en la planta baja del palacio; en cuanto al niño, tuvo la desgracia de quedar huérfano a poco de nacer y se le tomó una nodriza. El padre, un pobre idiota que se pasaba media vida bebiendo, fue socorrido con una buena cantidad en metálico y no se volvió a saber de él.

El príncipe Pedro se criaba muy robusto, tenía el cabello y los ojos negros como su padre y había quien advertía entre ellos gran semejanza, aunque no tuviesen ninguna.

El futuro paje Perico era más débil, aunque no enfermizo, con el pelo obscuro también y los ojos claros.

El tiempo fue pasando y los sobrinos no descansaban para llevar a cabo sus proyectos. Todo parecía también favorecerlos: mientras el pequeño Perico se mostraba cada día más gracioso, más inteligente y más simpático, el príncipe Pedro, a quien apenas permitían que aprendiese a hablar, tenía un carácter irascible, le molestaba la gente y no demostraba cariño a nadie.

Mucho debían sufrir los príncipes, sus padres, si bien es verdad que los hábiles cortesanos, haciéndose esclavos de la etiqueta, no les dejaban ver más que contadas veces a su niño. La princesa sobre todo parecía siempre preocupada y recelosa, aunque intentaba ocultar sus sensaciones a las perspicaces miradas de sus súbditos.

En los pueblos vecinos empezaba a cundir la nueva de que el pequeño Pedro no tenía inteligencia ninguna y que no podría ser el heredero del principado.

Cuando salían juntos Pedro y Perico, siendo este ya el paje favorito, todas las miradas se fijaban con simpatía en el segundo y con pesar en el primero. El tierno servidor tenía que sufrir mil caprichos e impertinencias de su joven amo, haciendo el duro aprendizaje de la vida desde su infancia.

Para animar al príncipe a que estudiase, Perico compartía con él las lecciones y le aventajaba en todo; es verdad que el preceptor elegido por los sobrinos procuraba que el hijo de Rosalía no supiese nada; todo al parecer se conjuraba contra el príncipe y su desgraciada esposa, dándoles un heredero incapaz de llegar a ser su sucesor.

Así lograron que Pedro, entrado ya en la adolescencia, fuese también cobarde y que el pueblo le mirara con prevención. En cambio Perico era arrojado cual ninguno y varias veces combatió con denuedo por defender a su compañero de estudios y de juegos.

Tenían los dos jóvenes quince años cuando el príncipe, aquel modelo de esposos y de padres, que tanto bien hizo a su patria y con tan sincero afecto amó a su pueblo, cayó enfermo de mucha gravedad.

Los sobrinos se agitaron más al ver próximo el día en que habían de heredarle con perjuicio de su primo. ¿Cómo no habían de derrotar a una débil mujer y a un idiota?

Al fin una noche se dio en el palacio la triste nueva de que el esposo de Rosalía acababa de morir.

-¡El príncipe ha muerto! ¡Viva el príncipe! -dijo el primer ministro al pueblo usando la conocida fórmula empleada al fallecimiento de un rey.

Durante nueve días nadie vio a la princesa ni a su hijo. Después de los funerales se juzgó indispensable proclamar heredero al joven príncipe, lo que disgustaba a los nobles, a la clase media y al pueblo. Todos debían tener representantes en el palacio para asistir a la ceremonia y veían con temor el instante en que fuera su señor aquel ser tan mal dotado por la naturaleza.

El gran salón presentaba un aspecto brillante. Las damas vestían de gala, los caballeros de uniforme y la viuda había suprimido su luto para aquel acto solemne. A su lado se hallaban Pedro y Perico, ambos con lujosos trajes de terciopelo bordados de oro.

La princesa recibió a varias comisiones, y al ir estas a doblar la rodilla ante el nuevo señor, Rosalía, muy pálida y muy conmovida, pronunció estas palabras:

-Deteneos y no prestéis acatamiento a quien no lo debe tener. Nobles de esta tierra, bravos guerreros, pueblo amado; el heredero de mi buen esposo no es el que suponéis. Mi hijo es el que creíais paje y el paje es el que juzgabais príncipe.

Entonces en breves y persuasivas frases les contó lo ocurrido al nacimiento de su niño, como habían resuelto envolver en la sombra su inteligencia, hacerle odioso a sus súbditos fieles y como también al conocer los inicuos planes de los sobrinos de su esposo había ella tenido la luminosa idea de sustituir al día siguiente del nacimiento al hijo adorado por el desvalido huérfano. Los niños tan pequeños se parecen todos, ¿quién había de advertir aquel singular cambio?

-El príncipe que os doy -prosiguió Rosalía-, será bueno, valiente y generoso; acostumbrado a obedecer se mostrará compasivo con sus servidores; habiendo defendido al que creía su señor, ha sido bravo, y no dejará que ofendan a su pueblo; no habiendo poseído fortuna, será modesto y no pedirá impuestos a nadie.

-¡Viva el príncipe Pedro! -exclamaron muchos.

Y hubo hombre que gritó:

-¡Viva Perico!

Los dos jóvenes estaban asombrados. Pedro veía que perdía su poder; en cuanto al antiguo paje se explicaba entonces varias cosas que antes habían sido incomprensibles para él. Recordaba que algunas noches se había despertado al recibir los amorosos besos de una mujer cuya semejanza con Rosalía era notable, que apenas abría los ojos huía la hermosa visión; que otras veces era un hombre igual al príncipe Pedro el que se acercaba a su cama y que los más ilustres señores vigilaban su cuarto y velaban su sueño. Él amaba a los príncipes como a sus padres y le parecía que había nacido para realizar grandes empresas; su porvenir como paje era poco halagüeño.

Los sobrinos del difunto príncipe trataron de negar el hecho, pero Rosalía añadió:

-Todos los que asististeis a la presentación de mi hijo cuando nació recordaréis, porque así intencionalmente lo hizo constar nuestro fiel primer ministro, que el niño tenía una señal en el brazo derecho; mirad los brazos de Pedro y de Perico y veréis cual es nuestro legítimo heredero.

Hecha la prueba se vio en efecto que la señal, bastante distinta, estaba en el brazo del antiguo paje.

Entonces este se acercó a la princesa, prodigándose madre e hijo las caricias más tiernas. El adolescente fue proclamado príncipe, y sus primos, que el pueblo quiso desterrar, no tuvieron más remedio, al ser perdonados, que someterse a él y a su madre.

Pedro obtuvo una brillante posición más en armonía con sus gustos e inteligencia y fue siempre el mejor amigo de Perico el paje, al que nunca se acostumbró a mirar como a su príncipe y al que llamó con la familiaridad de otros tiempos.

Fue un digno descendiente de Pedro y de Rosalía y nunca se vio Señor más querido y más respetado.

EL POZO MÁGICO

Una tarde, que los padres aún no habían vuelto de trabajar en el campo, se hallaba Juanito en su bonita casa compuesta de dos pisos, al cuidado de una anciana encargada de atender a las faenas de la cocina, mientras sus amos procuraban sacar de una ingrata tierra lo preciso para el sustento de todo el año.

La casa era el sólo bien que los dos labradores habían logrado salvar después de varias malas cosechas; era herencia de los padres de ella y por nada en el mundo la hubieran vendido o alquilado.

Juanito se hallaba en la sala, una habitación grande, alta de techo, con dos ventanas que daban al campo, amueblada con sillas de Vitoria, un rústico sofá, una cómoda, con una infinidad de baratijas encima, y dos mesas.

A una de las ventanas, que estaba abierta, se acercó por la parte de fuera un hombre mal encarado, vestido pobremente y con un fuerte garrote en la mano. Hizo seña a Juanito de que se acercara y le preguntó, cuando el muchacho estuvo próximo, donde se encontraba su padre.

-En el campo grande -contestó el niño.

-¿Y dónde es eso? -prosiguió el hombre.

-Por lo visto es V. forastero cuando no lo sabe. Mire por donde yo señalo con la mano. Ese sendero de ahí enfrente tuerce a la izquierda, sale a una explanada, luego . . .

-No hay quien lo entienda -interrumpió el hombre-; y el caso es que urge verlo para el ajuste de los garbanzos y de la cebada. ¿No podrías acompañarme?

-Mis padres me han prohibido salir de casa, y si falto a su orden me castigarán.

-Más podrán castigarte si pierden la renta por ti.

-¿Y qué he de hacer entonces?

-Acompañarme si quieres y si no dejarlo que haré el trato con otro labrador.

-Es que -prosiguió el niño-, dicen que hay dos secuestradores en el país y por eso mis padres temen que salga.

-Yo te respondo de que yendo conmigo no los encontrarás; además llevo un buen palo para defenderte.

-¿Los ha visto V.?

-Sí, iban a caballo, camino del molino viejo.

-Entonces no hay temor porque tenemos que ir al lado opuesto. Vamos.

Juanito salió guiando al hombre por la senda que antes indicara.

La tarde era clara y serena, brillaba el sol en un cielo sin nubes y el calor se dejaba sentir con fuerza porque ni un árbol daba sombra a aquel campo sembrado de trigo a derecha e izquierda. Un estrecho sendero conducía al lugar, aún muy distante, donde los padres del niño se hallaban trabajando. Pero antes de llegar a la explanada de que hablara Juanito, el hombre lanzó un silbido extraño y un joven se presentó casi enseguida llevando un caballo de la brida. A una seña del que había obligado al pequeño Juan a salir de su casa, el joven montó y el niño se vio cogido por unos robustos brazos y colocado sobre el caballo también. Gritó pidiendo auxilio, pero al instante un pañuelo fue puesto sobre su boca para ahogar su voz y ya no hubo defensa posible para la infeliz criatura.

El caballo iba a galope y Juanito veía al pasar con vertiginosa rapidez, los carros cargados de paja que volvían al pueblo, las yuntas que, terminados los trabajos, iban a encerrar, algunos labradores que se retiraban a sus hogares; pero todo de lejos y sin que ningún hombre fijase su atención en él.

A pesar de aquella carrera, el camino le pareció muy largo; al fin el joven hizo parar al caballo, bajó al niño y, sin soltarle, abrió una puerta que conducía a un vasto terreno que debió ser jardín en otro tiempo, le introdujo allí, volvió a cerrar con llave; y le dejó solo sin ocuparse al parecer más de él.

Juanito no pudo contener sus lágrimas al ver las altas tapias que hacían de aquel paraje una prisión imposible de dejar. Anduvo después largo rato, hasta que rendido se paró en un ángulo del terreno donde había un pozo rodeado de jaramagos y florecillas silvestres. Aquel sitio inculto tenía un misterioso encanto para él.

Llegó la noche, y cansado, sintiendo hambre y sed, se echó no lejos del pozo y al fin se durmió.

A la mañana siguiente uno de los bandidos, el primero que vio, fue a despertarle y le obligó a firmar un papel para sus padres en el que les decía que los secuestradores le matarían si no les entregaba quinientos duros por su rescate.

-Y es la verdad -añadió el hombre-, si no pagan te tiraremos a ese pozo.

Los labradores en balde buscaron aquel dinero; en tan breve plazo nadie quería comprarles su casa ni dar nada a préstamo.

Juanito, que no había comido desde el día, anterior, sentía indefinible malestar y a veces le parecía que una nube velaba sus ojos.

Llegó la noche y los bandidos no parecieron. E niño se acercó al pozo y ¡cosa rara! creyó ver que en el fondo brillaba una luz.

-¿Estaré soñando? -se preguntó Juan.

Y siguió mirando, pero el pozo era muy hondo y no se veía si tenía agua o estaba seco.

Poco después una voz, de mujer o de niño, cantó dentro del pozo el siguiente romance con una música dulce y un tanto monótona:

>Había en una ciudad
>un bello y juicioso niño
>a quien unos malhechores
>lograron tener cautivo.
>Le llevaron engañado
>a una casa con sigilo
>donde había un gran terreno
>que antes jardín hubo sido,
>rodeado de altas tapias,
>con arbustos ya marchitos,
>árboles mustios o secos
>y un pozo medio escondido
>en un bosque de rastrojo,
>de gran abandono indicio.
>Pidieron por el muchacho
>un rescate los bandidos,
>mas siendo los padres pobres
>y careciendo de amigos,

en balde fueron buscando
aquel oro apetecido
precio de la libertad
del idolatrado hijo.
Por vengarse, los ladrones
presto hubieron decidido
arrojar en aquel pozo
al pobre muchacho vivo,
y sin escuchar sus ruegos,
aquellos hombres indignos,
levantándole en sus brazos
le lanzaron al abismo.
Antes de llegar al fondo
los ángeles, también niños,
quizá hermanos por el alma
del prisionero afligido,
trocaron las duras piedras
por un césped duro y fino
y bellas flores silvestres
de nombres desconocidos
que en algún jardín del cielo
acaso hubieron cogido,
y entonces el secuestrado,
sin esperar tal prodigio,
halló al caer aquel lecho
donde se quedó dormido...

La voz se fue extinguiendo poco a poco, y Juanito no oyó las últimas palabras del romance. Pero aquel canto le había llenado de esperanza; sabía que si le arrojaban al pozo no tendría nada que temer. Miró hacia el fondo y observó que la luz, que poco antes viera brillar, había desaparecido.

Se echó sobre la hierba y esperó con relativa tranquilidad la vuelta de los malvados secuestradores. Estos llegaron a las doce de la noche: muy disgustados por que los padres de Juanito no habían depositado el dinero en el sitio indicado, pues los infelices no habían encontrado ni la vigésima parte de lo pedido.

-Le arrojaremos al pozo mágico -dijo el más joven señalando al niño-. Esos rústicos no habrán dejado de dar aviso de lo que ocurre a la guardia civil y, para probar que no somos nosotros los secuestradores, tenemos que desembarazarnos del chico. ¿Cómo creerían que no éramos culpables si hallaban al muchacho con nosotros?

-Y ¿no le buscarán en el pozo? Y a propósito de este, ¿por qué le llamas mágico? -preguntó el otro bandido.
-Porque algunas veces se oyen en él gritos y en el pueblo aseguran que está encantado.
-¿Y tú lo crees?
-Yo no, pero lo llamo así por costumbre que tengo de oírlo.
Siguieron hablando y por último se acercaron a Juanito y, sin atender a sus ruegos, le arrojaron al pozo.
El pobre niño perdió el conocimiento antes de llegar al fondo, así es que no supo si había allí el lecho de flores hecho por los ángeles sus hermanos.
Cuando volvió en sí se halló en un pequeño cuarto acostado en una humilde cama. Un hombre y una muchacha velaban junto a él. El primero, sin hacerle pregunta alguna, le dio algún alimento que reanimó sus fuerzas, mientras la segunda le miraba con cariñosa curiosidad.
Cuando el hombre salió, Juanito se atrevió a preguntar a la niña dónde se encontraba.

-Mi padre me había prohibido hablarte para que no te fatigaras -dijo ella-, pero ya que te muestras curioso . . . ¿Has oído cantar en el pozo mágico?

-Sí; ¿quién cantaba?

-¿Eso qué importa? Todo lo que decía el romance se ha realizado. En el fondo del pozo no había agua ni duras piedras, has caído sobre paja y heno. Luego mi padre te ha cogido en sus brazos y te ha traído aquí para avisar a tu familia a la que conoce y quiere porque tu padre le salvó la vida cuando los dos eran soldados. Desde el fondo del pozo se oye todo lo que traman los secuestradores y mi padre ha evitado por eso algunos crímenes. La casa que ellos ocupan está en la parte alta del camino y la nuestra en la más baja; el pozo tiene una abertura que pone en comunicación esta vivienda con la otra, obra que hicieron unos contrabandistas en otro tiempo, pero que los secuestradores ignoran. Hay un camino subterráneo que llega a nuestro pequeño jardín. Para que tu ilusión fuese más completa, puse margaritas y amapolas en el fondo del pozo, pero como te desmayaste no lo has visto. Ya iremos allí otro día.

La llegada del padre de la muchacha puso término a la conversación; pero como a la mañana siguiente Juanito estuviese ya bueno, tuvo deseos de ver el fondo del pozo con su nueva amiga. Esta abrió una puerta que había en un cobertizo que daba al jardín y ambos penetraron en un subterráneo estrecho y húmedo, llegando al fin al pozo donde Juanito había caído. El niño cogió unas margaritas y prometió que las guardaría siempre.

Sobre sus cabezas se oía un fuerte altercado; era que iban a prender a los secuestradores. Estos querían probar su inocencia negando haber robado a Juan y, casi habían convencido a sus perseguidores, cuando una voz infantil dijo desde el fondo del pozo:

-Sí, son ellos los que me robaron, lo declaro para que no hagan lo mismo con otros niños.

-¡El pozo mágico! -exclamó el más joven de los secuestradores.

Aprovechando su estupor, los que iban en su busca se apoderaron de él. El otro se defendió a tiros; una de las balas hirió mortalmente a su compañero y él cayó al suelo también muerto por uno de sus contrarios.

Aquella misma tarde, Juanito fue devuelto sus padres que no podían creer fuese cierta la ventura de volver a verle, pues ya imaginaban que hubiese sido asesinado.

¡Con cuánta efusión se abrazaron luego los dos antiguos soldados! El padre de Juanito al saber que su amigo y su hija eran muy pobres, se los llevó a su casa donde compartieron con la familia los trabajos del campo, abandonando aquellos su humilde vivienda. La comunicación con el pozo fue tapiada y el terreno donde se ocultaban los secuestradores convertido en hermosa huerta.

Juanito sintió siempre el más vivo afecto por la muchacha a la que hacía cantar muy a menudo aquel romance que le oyó por primera vez en el fondo del pozo mágico.

LA COPA ENCANTADA

Luciano era un niño muy goloso y, lo que es peor, demasiado aficionado al vino. Su madre tenía que echar las llaves a todos los armarios porque, al menor descuido, el muchacho cogía los bollos, las onzas de chocolate y los dulces que sabía guardaban en los aparadores del comedor. En cuanto al vino, apenas podía se apoderaba de una botella y bebía, llenándola después con agua para que la falta no se advirtiese.

Pero su familia lo conocía, porque Luciano, que tenía en estado normal un carácter dulce, alegre y cariñoso, en cuanto probaba el vino, se encolerizaba sin motivo, se ponía taciturno y no podía tolerar ni la más ligera demostración de cariño. Además de esto hablaba en la mesa, lo cual tenía prohibido, durante las comidas, y tiraba al suelo una parte de los manjares que le servían en su plato.

Vivía con sus padres y él un joven, sobrino de aquellos, que estaba estudiando al cuidado de sus tías, teniendo su habitación no lejos de la de Luciano. Había viajado bastante con su padre por

Oriente y, deseando descansar, salía poco, ocupándose solamente de sus libros.

El niño no tenía fácil entrada en el cuarto de su primo Diego, porque, como todo lo revolvía, el estudiante le había prohibido que estuviese allí, pero esto no impedía que Luciano hubiera visto por el agujero de la llave que el joven tenía sobre su mesa una botella, que debía contener un vino delicioso, y una pequeña copa de cristal tallado.

¡Con qué placer hubiese probado Luciano aquel líquido!

Por fin, una noche, minutos antes de acostarse el niño, su padre llamó a Diego, este salió de la habitación dejando la puerta entreabierta, y el muchacho, aprovechando aquel descuido, se deslizó en el cuarto, siendo lo primero que vio la copa y la botella.

-No tendré tiempo de echarle agua para ocultar lo que beba -dijo Luciano-, así es que apenas tomaré para que no se note.

Destapó la botella, vertió un poco de vino en la copa de cristal, tapó aquella de nuevo y bebió con precipitación, saliendo de la pieza en que estaba, antes de que volviese Diego.

El vino le supo bien, aunque no era muy dulce, y sintió no haber podido saborearlo mejor por la intranquilidad en que estuvo temiendo que le vieran.

Se fue a su alcoba y se acostó.

Estaba algo agitado y creyó que no podría dormirse.

De repente notó que su cuarto se agrandaba de una manera extraordinaria y que se animaban los juguetes que había sobre una mesa en frente de la cama.

Una casa de campo que tenía, abría sus puertas y ventanas, asomándose en una de estas una robusta aldeana que sacudía las persianas y las limpiaba con un plumero después. Otra ordeñaba una cabra gris, echando la leche en un jarro de metal muy reluciente; las vacas salían del establo para buscar la verde hierba; los árboles daban grata sombra, siendo mucho más altos que la casa y el perro ladraba, cerca de una valla de madera, a un muchacho que echaba granos de trigo a media docena de gallinas. Y, caso raro, aquellos objetos con los que él había jugado por la mañana, eran de tamaño natural y todos habían adquirido movimiento. Volvió la vista hacia la derecha y vio que de su arca de Noé con animales de madera, salían aquellos animales grandes y con vida, rugiendo los unos, corriendo los otros, saltando los más vivos, armando un ruido y una confusión indescriptibles.

¿Cómo no oirían aquello sus padres y su primo que no acudían a verlo?

Miró a la izquierda y vio a sus soldados que hacían el ejercicio primero, marchaban después y, por último, disparaban el cañón dentro de su propia alcoba.

Luego todo se confundía, apareciendo los soldados en la granja, los pastores sin rebaño en el arca de Noé y las fieras junto al cañón. Por último hubo una verdadera lluvia de juguetes sobre su cama, el sable que le habían prometido, el casco con plumas que debían comprarle para su cumpleaños, la capa para torear, el Nacimiento ofrecido para Pascua; todo caía sobre él sin lastimarle. La luz de la lamparilla se apagó y Luciano no pudo ver más.

A la mañana siguiente, los juguetes inmóviles y pequeños presentaban su aspecto de costumbre y los que cayeron sobre la cama habían desaparecido. Fue una decepción para Luciano a quien ya sus pobres muñecos no agradaban.

Durante algunos días Diego no volvió a dejar abierta la puerta de su cuarto. Un día Luciano, no pudiendo resistir más, pidió a su primo un poco de vino.

-Pero no digas nada a mamá -murmuró el niño hablando bajo.

Se hallaban en el corredor y Diego, riendo, entró en su cuarto sin dejar a Luciano que le siguiese, y salió con una botella en la mano.

-Toma, pero un sorbo nada más -dijo.

El niño bebió y se marchó contento. Se acostó y tardó en dormirse, pero no ocurrió nada de lo que él esperaba.

-La otra vez que bebí -pensaba Luciano-, vi cosas raras y bonitas, ¿cómo ahora no me sucede lo mismo? ¡Ah, ya caigo! Aquello no consistía en el vino y como he bebido en botella... la copa está encantada y a ella se debió lo ocurrido. El primer día que Diego salga volveré a beber allí.

Y así fue en efecto. Una noche que su primo se marchó al teatro por excepción, a causa de que se estrenaba una obra de un amigo suyo, Luciano entró en la habitación del joven, cogió la botella y echó en la copa mayor cantidad de vino que la primera vez, bebiéndola con deleite.

Luego se fue a su cuarto y se acostó.

Al cabo de un momento observó que las blancas paredes de su alcoba se cubrían de fúnebres paños; que en el lugar de la mesa había una gran caldera y que los juguetes se trocaban los unos en monstruos de desconocidas formas y los otros en negros demonios. Estos, asidos de las manos, bailaron una danza infernal, después cogieron a los monstruos y los arrojaron a la caldera de las que salían unas llamas que abrasaban el cuerpo del niño, aunque estaban a alguna distancia. Por último los demonios cogieron un tizón cada uno y los fueron colocando sobre el pecho y el estómago de Luciano, que se iba quemando lentamente.

Pidió agua, y como por encanto, apareció en medio de la estancia la copa de cristal tallado con un líquido color de fuego. Luciano sacó un brazo, que se alargó desmesuradamente hasta llegar a la copa, la tomó en la mano, bebió su contenido y empezó a quemarse por dentro al mismo tiempo que por fuera. Gritó, se revolvió en su lecho y así pasó algunas horas hasta que a por fin los diablos desaparecieron y pudo ver los blancos muros de su cuarto y la mesa cargada de juguetes.

Pero su malestar no se calmaba; el líquido que bebió en la copa continuaba abrasándole interiormente.

A la siguiente mañana se sentía mal y sus padres y su primo le obligaron a contar lo que le había pasado. Llorando, y ofreciendo no hacerlo más, refirió lo ocurrido, y entonces Diego dijo a sus tíos:

-Desde mi viaje a Oriente adquirí la costumbre de tomar opio y me traje de allí unas botellas para beber en muy pequeñas dosis. La primera vez, como Luciano apenas lo probó, tuvo ensueños agradables; la segunda, al pedirme vino, como no sabía lo que había hecho anteriormente, le di un poco de ese Jerez que ustedes me regalaron para que bebiese durante las largas noches de estudio; en cuanto a la tercera, debió tomar mayor cantidad y a haber seguido así esto le habría producido la muerte.

-No, no -gritaba el niño-, es que la copa está encantada; pero yo seré bueno, ya no beberé nunca más.

Algo tardó en reponerse, pero cumplió lo ofrecido y jamás volvió a probar vino ninguno. También tomó aborrecimiento a los dulces y demás golosinas, por si acaso estaban envenenados.

El temor que aquello le causó duró tanto que Diego, para animarle, se vio obligado a romper en su presencia la pequeña copa de cristal tallado, con lo que el niño se calmó no dudando que así habían terminado para siempre los encantamientos.

EL PAJE ROGER

I

El rey Marcial había declarado la guerra al rey Godofredo. No contento con eso, había ido a buscarle a sus propios Estados seguido de un formidable ejército fuerte y bien armado con el que esperaba vencer en breve a su contrario. Creía hallar a este desprevenido porque ignoraba que un súbdito traidor no sólo había advertido a Godofredo el peligro que le amenazaba, sino que le había revelado todos los planes de su enemigo para que los hiciese fracasar.

Caminó el rey Marcial con gran cautela, hizo el viaje a pequeñas jornadas y por último puso su campamento a corta distancia de la capital.

-No me han visto -exclamó el monarca con júbilo; porque en efecto no había encontrado a nadie por aquellos campos, ni aun a los pastores que sacaban sus rebaños en otros tiempos por allí.

Estaban rendidos después de tantos días de viaje y se retiraron a sus tiendas de campaña para descansar.

Algunos centinelas se paseaban por delante de ellas para no dormirse y dirigían miradas de codicia a la ciudad próxima en la que esperaban entrar en breve vencedores. El rey reposaba ya con agitado sueño y había encargado a sus guardias que le llamasen muy temprano; quería sorprender a Godofredo al despuntar la aurora.

La luna brillaba en un hermoso cielo tachonado de estrellas enviando sus melancólicos rayos a la tierra. Se contemplaba en las aguas de un ancho río como en un espejo. Un palacio de cristal, que se divisaba cerca de las puertas de la ciudad reflejaba también la suave claridad del astro de la noche.

-Mañana entraremos ahí -dijo un capitán señalando el bello edificio.

A eso de las doce, divisaron los soldados unos pequeños seres que se aproximaban; al pronto los creyeron duendes, pero no tardaron en convencerse de que eran niños y niñas que iban vestidos de una manera extraña con telas que parecían luminosas.

-¿Venís de la ciudad? -preguntó un centinela.

-No, señor -contestó el mayor de los niños-, somos del pueblo inmediato y queríamos entrar en ella para celebrar una fiesta que empieza precisamente a la media noche.

-Pues no se puede entrar.

-En ese caso, mi buen señor, me permitiréis que la celebre aquí con mis compañeros, pues seríamos todo el año desgraciados si no festejáramos este día que va a comenzar.

-No hay inconveniente.

Los niños, que llevaban pendientes de la cintura unas hachas pequeñas, las cogieron y se pusieron a cortar con ellas ramas de árboles y lozanos arbustos que las piñas colocaban en montones delante de todas las tiendas. Hecho esto, los rociaron bien con un líquido que llevaban en pequeños cántaros y a un tiempo les prendieron fuego. Las hogueras ardían y los niños y las niñas bailaban en derredor de ellas o saltaban por en cima. El líquido que habían arrojado embalsamaba el ambiente y era sumamente grato.

Los soldados se habían parado para contemplar el espectáculo y el capitán olvidaba su guardia también. Al principio estaban de pie todos, luego se sentaron, se echaron por último; un sueño invencible se había apoderado de aquellos bravos guerreros; antes de la una no había nadie despierto en el campamento. Entonces uno de los niños se dirigió hacia la ciudad e imitó por tres veces el canto de un pájaro nocturno.

Las puertas se abrieron sin ruido y un ejército, aún más numeroso que el del rey Marcial, se dirigió hacia las tiendas de campaña.

Llevaban aquellos soldados muchos carros tirados por mulas. Penetraron en el campamento y fueron sacando al monarca y todos sus guerreros sin que opusieran la menor resistencia, pues se hallaban dormidos. Los colocaron en los carros, penetraron en la ciudad y los encerraron en diversos castillos, después de desarmarlos.

Los niños que habían celebrado la fiesta eran los pajes del rey Godofredo, disfrazados por orden de su señor de diferentes modos, y habían arrojado al fuego un líquido extraño compuesto por un célebre nigromántico de la ciudad que tenía el singular poder de sumir en un prolongado sueño a todo el que lo aspirase. Los niños llevaban un preservativo, que les dio el mismo mago, para librarse de los efectos del narcótico.

Así pudo Godofredo apoderarse sin riesgo del rey Marcial y de sus valientes guerreros.

II

Cuando el monarca se despertó, muchas horas después de hallarse preso, estaba en un estrecho calabozo pobremente amueblado y en el que apenas penetraba un débil rayo de luz. La primera idea que le asaltó fue que había perdido el juicio mientras combatía al enemigo, que esto le había obligado a cometer todo género de desaciertos y que no conservaba ni la menor idea de lo ocurrido. Su desaliento fue grande no sólo por verse prisionero sino al considerar los males que su derrota habría traído, sospechando que su ejército habría tenido la misma desastrosa suerte que él.

Durante el día vio únicamente una vez a su carcelero que le llevó algún alimento y un jarro de agua, pero al que en balde preguntó, pues el hombre, atendiendo a órdenes recibidas, no le pudo responder.

Así pasó una semana.

Entre tanto la noticia de su cautiverio con todos los detalles de lo ocurrido llegó a la nación del rey Marcial llenando de consternación a sus súbditos. La mayor parte de los jóvenes del país había seguido al monarca para hacer la guerra, casi no quedaban allí más que los ancianos, las mujeres y los niños. Pensaron todos formar un ejército numeroso, aunque débil, pero la idea fue rechazada porque tampoco era prudente dejar aquella tierra abandonada y a merced de los enemigos que, sabiendo su desgracia, podrían presentarse a las puertas de la ciudad para conquistarla.

Nombraron a un anciano general para que gobernase el país hasta el regreso, si es que regresaban, de su legítimo dueño y los pocos jóvenes que quedaban y las mujeres formaron un ejército de guerreros y de amazonas.

Algunos pajes se reunieron una noche para deliberar sobre la conducta que debían seguir. Entre ellos se hallaban los nombrados Rodrigo, Gonzalo y Roger.

-Yo opino -dijo este último-, que puesto que los pajes de Godofredo son los que han aprisionado a nuestro rey, nosotros debemos oponer astucia contra astucia, y que nos corresponde más que a otros el deber de librarle. El que se atreva a emprender tan arduo proyecto que lo diga; yo por mi parte me comprometo a intentarlo.

-Y yo -dijo Rodrigo.

-Y yo -añadió Gonzalo.

Los demás guardaron silencio por lo que se juzgó que no querían arriesgarse en semejante plan.

Participaron al regente su pensamiento y como el rey Marcial no tenía hijos se prometió solemnemente al que librase al monarca que sería su heredero.

Quedó convenido que los jóvenes pajes no irían juntos, sino que cada cual trabajaría por su lado como mejor pudiese.

El primero que salió de la ciudad fue Rodrigo disfrazado de vendedor de frutas. Se dirigió con toda la rapidez posible hacia los estados de Godofredo, pero, mucho antes de llegar, le cerró el paso un bosque incendiado en el que le fue imposible penetrar. Herido a causa de las quemaduras que sufrió, y medio muerto de sed y de cansancio, llegó al reino de Marcial al mes de haber salido y fue tal la vergüenza que le ocasionó su derrota que se ocultó en una choza con nombre supuesto para que nadie supiera su regreso a la ciudad.

Gonzalo se disfrazó de pescador y salió en un bote con el objeto de penetrar en los dominios de Godofredo por mar. Los primeros días hizo el viaje felizmente, pero antes de divisar el ansiado puerto se halló ante una poderosa escuadra que le cerraba el paso.

Una barca le salió al encuentro, y como pareciese a los marineros que aquel hombre era sospechoso, pues le interrogaron y no supo qué contestar, le hicieron prisionero. Aprovechando un descuido de sus guardianes, Gonzalo se arrojó al agua y trató de alejarse nadando de sus adversarios. Lo logró gracias a muy poderosos esfuerzos, pero extenuado, medio muerto de fatiga se vio precisado a buscar reposo en una isla desierta.

Allí permaneció dos días hasta que una embarcación extranjera que pasó cerca le recibió a bordo dejándole no lejos de su patria. Se fue ocultando hasta llegar a una cabaña abandonada, a juzgar por su aspecto miserable.

Penetró en ella sin dificultad.

Sobre un montón de paja dormía un joven, casi un niño, con agitado sueño. Gonzalo se echó junto a él sin mirarle y se durmió.

A la mañana siguiente los rayos del sol que penetraban por la pequeña ventana que estaba al lado de la puerta, despertaron a la vez a los dos durmientes que se hallaban de espaldas el uno al otro. Se volvieron y ambos lanzaron una exclamación de sorpresa pronunciando su nombre:

-¡Rodrigo!

-¡Gonzalo!

Se contaron en breves palabras sus aventuras encontrando un triste consuelo al ver que ninguno de los dos había logrado el objeto de su viaje y no dudando que a Roger le pasaría lo mismo.

-¿Vendrá también a refugiarse en esta choza? -preguntó Rodrigo.

-Por si viene le aguardaremos aquí algunos días -dijo Gonzalo.

Pero pasaron muchos y no supieron nada de su compañero. Entonces, con su mismo disfraz, se marcharon a un pueblo pequeño, donde no eran conocidos, y se dedicaron a las rudas faenas del campo para no confesar su derrota en la capital del reino.

III

Entre tanto Roger, que había seguido distinto camino que ellos, acariciaba la esperanza de obtener un buen resultado. No había buscado disfraz al abandonar la ciudad, llevaba siempre su airoso traje de pajecillo. Anduvo durante varios días sin rumbo fijo y sin saber lo que haría.

Al fin, rendido de cansancio, se echó en el campo al pie de una encina para buscar algún reposo. Empezaba a anochecer y densa niebla le ocultaba los objetos lejanos permitiéndole ver los más próximos confusamente. Así le pareció que algo o alguien se movía a pocos pasos de él. Era un mendigo. Al acercarse a Roger le dijo en lastimero tono después de mirarle con atención:

-Hermoso paje, tengo mucho frío; dame tu capa y Dios te recompensara. Tú eres joven y resistirás mejor que yo los rigores del otoño que es crudo y del invierno que se acerca. Dame tu capa nueva y yo te daré la mía vieja.

-Toma, buen anciano -dijo Roger desprendiéndose de ella-, y guarda también la tuya si la quieres o la necesitas.

Pero el mendigo no pareció oírle y sólo se llevó la nueva dándole antes de alejarse este consejo:

-Si vas al primer pueblo que encuentres, mira, oye y calla.

Roger cogió con alguna repugnancia la andrajosa prenda, pero como sintiese luego frío, se cubrió con la capa del pobre con la que quedó poco menos que desconocido.

A la mañana siguiente vio a un niño que volvía de trabajar en un campo distante. Llevaba la cabeza descubierta y la inclinaba abatido sobre el pecho.

-¿Qué tienes? -le preguntó Roger.

-Señor -contestó el muchacho-, he perdido mi sombrero y mis padres me pegarán cuando vean que deben comprarme otro para los trabajos del año que viene en que tendré que volver aquí.

-Toma mi gorra -dijo el paje poniéndosela al muchacho, que se marchó dando saltos de alegría.

Roger prosiguió su camino, y antes de la noche empezó a llover de tal modo que tuvo que suspender su viaje. Se paró al pie de un árbol con los cabellos empapados en agua y allí se quitó la capa con el objeto de cubrirse también con ella la cabeza, pero cual no fue su asombro al descubrir que dicha capa tenía una capucha que no sólo ocultaba el pelo sino el rostro viéndose en esta parte dos agujeros a la altura de los ojos. Pensó entonces que así podría seguir su camino, se cubrió bien y echó a andar llegando después de una hora a un pueblo de cierta importancia.

-¡El peregrino! ¡el santo! -gritaron los chicos al verle.

Y las mujeres salían a las puertas y tocaban su capa y los hombres le saludaban con respeto.

-Padre -le dijo un lego acercándose-, los frailes del convento de San Francisco le aguardan como siempre.

Iba Roger a descubrirse cuando el otro añadió bajando la voz:

-Ha llegado un emisario del rey Godofredo y deseamos que le oigáis.

Entonces el paje le siguió silencioso confiando en sacar algún partido de aquel hecho. Entraron en un sombrío edificio y Roger fue introducido en una sala baja donde se hallaban una docena de frailes y un guerrero con brillante armadura.

-Mirad a quien os traigo -dijo el lego.

Todos saludaron respetuosamente. El prior habló después así:

-Señor emisario del rey Godofredo nuestro señor, el que acaba de entrar es un hombre notable, el peregrino Marcelo; ha hecho voto de no hablar y sólo contestará por escrito; nadie ha visto su rostro por haber hecho esa promesa también, pero todos le conocemos. Fue un gran guerrero en su juventud, tuvo un amigo a quien mató en la pelea, porque la fatalidad le colocó en contra suya y desde entonces recorre el mundo en busca del hijo de aquel compañero de la infancia, al que no logra encontrar; el día que le halle quebrantará su voto. Decidle lo que aquí os trae.

El emisario contestó:

-El rey mi señor no juzga seguro al nombrado Marcial en su corte y desea encerrarle aquí donde nadie sospechará su presencia. ¿Os parece que le traigamos?

Roger hizo un signo afirmativo.

-¿Y a sus generales también?

El paje repitió la señal.

-¿Y quién se encargará de su custodia?

El joven puso una mano sobre su pecho como diciendo: yo.

-Está bien, mañana se traerá a los cautivos; entre tanto buscad la prisión mejor para ellos.

El emisario partió, los frailes acompañaron al supuesto peregrino a una gran celda y, dejándole allí numerosas provisiones, se alejaron. Roger echó el cerrojo a su puerta, cenó opíparamente y se acostó después.

IV

Cuando se despertó empezaba a lucir el día. Se levantó rápidamente y vio con sorpresa sobre un mueble un pliego cerrado en el que no había reparado la noche anterior; estaba dirigido a él. Lo abrió con mano trémula y leyó lo siguiente:

«Niño audaz, prosigue tu obra y nada temas, Dios está contigo y te ayuda. Manda encerrar al rey Marcial y a sus generales en las celdas que tienen los números 13, 15 y 17. En todas ellas hay una trampa que conduce a un subterráneo donde los esperara alguien que anhela protegerlos, no tanto por ellos como por ti. A los tres días de su llegada los harás salir de su prisión y tú permanecerás en el convento cuarenta y ocho horas más. Al transcurrir estas fingirás un asunto urgente que te lleva a otra población y te alejarás por la puerta principal del convento hacia el campo. En el papel adjunto hallarás la explicación de las salidas de las celdas al subterráneo».

Roger volvió a leer el pliego, lo guardó con cuidado y entró en el claustro después de haberse echado la capucha.

Cuando llegaron los prisioneros, designó para que los encerrasen las celdas que tenían los números 13, 15 y 17.

Aunque el pliego no le decía que debía descubrirse a su rey, Roger no pudo resistir a la tentación de hacerlo siendo recibido con los brazos abiertos por Marcial.

El peregrino Marcelo, o mejor dicho, aquel a quien daban este nombre, era la única persona que tenía el derecho de ver a los cautivos. Tres días después los hizo salir y durante otros dos continuó llevando provisiones a las vacías celdas. Cuando escribió que necesitaba partir, añadió que volvería pronto y que nadie debía ir entretanto a ver a los prisioneros. Así ganaba tiempo para que Marcial y los generales huyesen.

Salió por la puerta principal y a poco rato encontró a un escudero montado que llevaba otro caballo que puso a su disposición. No descansaban día y noche, pues hallaban relevos en muchos pueblos. Al fin llegaron al antiguo reino de Marcial; durante el camino apenas se habían cruzado entre los dos jinetes algunas palabras.

En la capital esperaban a Roger hombres, mujeres y niños en gran número que le hicieron un entusiasta recibimiento. Le quitaron la capa y la capucha poniéndole en sustitución de la primera una de hermoso terciopelo y en vez de la segunda una gorra con ricas plumas.

Así entró en triunfo en la ciudad, yendo el rey Marcial a su encuentro.

-¡Viva el príncipe Roger! -gritaron todos-, ¡viva el heredero del trono!

El monarca y sus servidores habían hecho el viaje sin el menor tropiezo gracias al verdadero peregrino. Este se hallaba en la ciudad y Roger le saludó enternecido.

-Todo os lo debo a vos -dijo el paje.

-A mí no, a tu padre -contestó Marcelo-; era mi amigo y le maté, entonces ofrecí que todo lo daría por su hijo y lo he cumplido. Servidor del rey Godofredo, le he sido traidor por ti, tan traidor, que no sólo le he quitado a sus prisioneros valiéndome del prestigio que tengo en su país, sino que ahora combatiré contra él para salvar a los otros súbditos de tu monarca. Eres el vivo retrato de tu padre, te vi, adiviné tu intento y te ayudé. Tú serás el sucesor de Marcial, así habré pagado mi deuda.

Esta vez fue Godofredo quien declaró la guerra a Marcial; el peregrino con su antiguo traje se puso al frente de las tropas de este, y las contrarias, no atreviéndose a hacer fuego contra aquel que tenían por santo, se dejaron vencer. Habiendo hecho numerosos prisioneros, fueron guardados como rehenes que devolvieron al ser enviados a su tierra los súbditos del rey Marcial. Se firmó la paz y los dos reyes, gracias a Marcelo fueron por fin amigos.

Roger, considerado como príncipe heredero, vio premiado su arrojo siendo, al morir Marcial, aún más querido y respetado que su antecesor.

Rodrigo y Gonzalo, que se batieron como dos héroes contra Godofredo, obtuvieron elevados puestos en la capital.

En cuanto al peregrino, una vez cumplida su misión sagrada, se retiró a una solitaria ermita donde acabó sus días tranquilamente.

* * * * *

LA ROSA BLANCA

Una hermosa mañana de Junio salió la niña Margarita a pasear con su aya. Era hija única y sus padres le otorgaban hasta los caprichos más raros y más costosos. De esto resultaba que era muy voluntariosa y no podía soportar la menor contradicción.

Habían estado primero en una frondosa alameda y luego penetraron en una calle a cuyos dos lados se veían preciosos jardines. La institutriz, que conocía de nombre o de trato a los propietarios de la mayor parte de ellos, iba diciendo a la niña quiénes eran, y esta la escuchaba con indiferencia exclamando a cada momento cuando se paraba delante de una verja:

-¡Hermosos claveles! pero los de mi jardín son más dobles.

-Mira qué dalias, pero las mías tienen colores más variados.

-Repara qué jazmines y qué heliotropos, pero me agradan más los que cultiva mi jardinero.

Al llegar a la última de aquellas posesiones, Margarita se detuvo y el aya le dijo:

-Esta ignoro de quién es, aunque se ha vendido hace ya algunos años.

Por la puerta de hierro se veía una espaciosa plazoleta con una bella fuente en el centro, las estatuas a los lados de las cuatro estaciones, árboles seculares por cuyos troncos trepaba verde hiedra y una infinidad de flores de puros matices, admirablemente combinados, entre las que descollaba un hermoso rosal cuajado de capullos y con una sola rosa completamente abierta.

Aquella rosa blanca, de un tamaño extraordinario, era de una belleza tal que jamás recordaba Margarita haber visto nada semejante.

-Dámela -dijo la niña al aya señalando con su mano la flor.

-¿Pero cómo puedo cogerla? -preguntó la institutriz alarmada por aquel extraño capricho.

-Llama y pídela al que abra.

Bien comprendía la pobre mujer que aquello era imposible, pero sabía que contrariar a Margarita era perder la plaza que desempeñaba y tiró de la campanilla.

Un jardinero apareció detrás de los hierros, pero no abrió la puerta.

-¿Qué quieren Vds.? -preguntó.

-¿Podríamos comprar esa rosa? -dijo el aya con tímido acento.

-Aquí no se venden flores -contestó el jardinero bruscamente.

-Esa nada más, la niña tiene capricho y . . .

-A mi amo no le importa eso -interrumpió aquel hombre-; precisamente ese rosal es todo su encanto, no sé cuantos años ha tardado en lograr una flor semejante y no la daría por todo el oro de la tierra. Es un hombre ya de edad, sabio, extraño; ha dedicado su vida al cultivo de plantas raras y no hay para el más goce ni más ilusión en el mundo.

-¿Tiene familia?

-Es viudo y su única hija se le murió; está enterrada debajo de ese rosal y a eso atribuye el amo la belleza de sus flores. Era una niña rubia, blanca y pálida como esa rosa; el señor no permite que nadie se aproxime ahí ni para quitar una hoja seca, sólo lo puede tocar él. Si estuvieseis dentro del jardín, veríais que al otro lado del rosal hay una lápida en la que se lee el nombre de la niña: Rosa. Mucho le ha costado a mi amo que le dejasen enterrar a su hija en esta posesión que compró hace pocos años, pero como cuenta con buenas influencias, lo logró al fin. Siento mucho no complacer a Vds., cualquier flor puedo darles menos las del rosal.

-Yo quiero la rosa blanca -gritó Margarita-, no me marcho sin ella.

-Pero si es imposible -dijo el aya.

-No hay nada imposible cuando lo pido yo.

El jardinero cansado de oírla, se despidió y se alejó de nuevo.

La institutriz no podía apartar a Margarita de allí. En balde le hacía toda clase de ofrecimientos para que esperase tener aquella flor otro día unas veces, otras trataba de atemorizarla recordando que había brotado sobre la tierra que guardaba el cuerpo de una niña; una atracción extraña obligaba a la discípula a no moverse de aquel sitio desde donde divisaba la rosa blanca, objeto de sus deseos.

-No hay otra en el país igual -decía Margarita.

-Haremos que las siembren semejantes en el jardín de casa.

-Para eso hay que esperar muchos años y yo la necesito ahora.

Cogió el cordón de la campanilla y lo agitó repetidas veces, pero el jardinero que veía desde corta distancia lo que ocurría, no se volvió a acercar.

Margarita lloraba, gritaba, maltrataba a su aya y esta al fin se vio en la precisión de hacerla andar a viva fuerza para que volviese al lado de sus padres. ¡Pero en qué estado llegó! Roto el vestido, sin sombrero, que había perdido en el camino, con el semblante encendido, los ojos brillantes y las facciones descompuestas, y el aya con señales inequívocas de numerosos mordiscos y arañazos.

La institutriz contó lo ocurrido en breves palabras y los padres se alarmaron al ver el estado de la niña. Supieron con terror que se había detenido en el campo a beber agua de una fuente, a pesar de las súplicas de su aya, y no tardaron en advertir las consecuencias de todo aquello, hijas de la mala educación que habían dado a Margarita.

La niña cayó gravemente enferma y en el delirio de la fiebre no hablaba más que de la rosa blanca. Los mejores médicos habían sido llamados para asistir a Margarita y en vano agotaban para ella los recursos de su ciencia.

La inconsolable madre, que no se había apartado ni un momento de su hija, salió de su casa una tarde con gran extrañeza de todos. No dijo a nadie donde iba ni se hizo acompañar por ninguno de sus criados. Se dirigió rápidamente a casa de aquel señor que se dedicaba al cultivo de plantas raras.

Algo le costó ser recibida porque el sabio huía todo trato social, pero al oír que una mujer bañado el rostro en llanto, quería hablarle, hizo una excepción en su favor y la madre de Margarita logró ser introducida en el despacho donde estaba el dueño de la casa arreglando por orden, en una caja con divisiones, varias semillas.

-Señor -dijo ella-,V. puede salvar a mi niña, es la única que tengo, todo mi amor, mi sólo consuelo. El origen de la enfermedad que va a arrebatármela es haber deseado ardientemente una rosa blanca que crece en el jardín de V.; se la negaron y volvió a mi casa en el más lamentable estado. Yo abrigo la esperanza de que si le llevo esa flor se mejorará.

-Señora -contestó él-, no debemos satisfacer todos los caprichos de los niños.

-Aseguro a V. que cuando se ponga buena, la educaré de otro modo, enseñándole a soportar las contrariedades de la vida. Pero hoy está enferma, no me niegue lo que le suplico; V. también ha sido padre y no oirá mis ruegos con indiferencia.

-Ese rosal -murmuró el caballero-, ha brotado junto al sepulcro de mi hija y para mí es una profanación tocar esas flores. Cuando bajo por las noches al jardín, esa rosa me parece que es ella, que su perfume es el de su inocencia; su blancura la de su rostro y su belleza la de su alma. Pero no seré yo, padre desconsolado, el que contribuya al pesar de una madre; tome V. esa flor que es mi encanto, por que los otros capullos no han abierto todavía, y ella pueda evitar que otros viertan las lágrimas que yo he derramado desde hace algunos años.

Llamó y, al presentarse un criado, dio orden de que el jardinero cortase la rosa blanca.

La madre de Margarita le echó mil bendiciones comprendiendo el sacrificio que aquel hombre hacía, cuando al llevarle la rosa vio que la besaba con respeto.

Al llegar la dama a su casa la niña continuaba lo mismo. La madre se acercó al lecho y colocó ante los ojos de Margarita aquella hermosa flor. La enferma la miró, sacó una de sus manos de debajo de los ropas y cogiendo la rosa aspiró su aroma primero y sonrió dulcemente después. Enseguida se quedó dormida, sin haber soltado la flor.

Poco a poco se fue mejorando la niña. Su madre había colocado en un precioso vaso de cristal la rosa blanca y varias veces al día la llevaba a la alcoba para que Margarita la viese. Los padres recobraban su contento y la casa iba tomando otra vez su aspecto ordinario. El aya estaba asombrada al ver que su discípula no había tenido ningún otro capricho. El carácter de Margarita había cambiado mucho durante la enfermedad; ¿sería acaso influencia de la rosa blanca?

Cuando se mejoró y pudo salir, su primer deseo fue visitar al sabio que había dado la flor a su madre.

Esta se prestó a acompañarla y las dos fueron recibidas por el caballero en su mismo despacho.

-Vengo a darle las gracias por la rosa -dijo la niña-; ya se ha secado, pero la guardaré así siempre. Quiero parecerme a su hija de V. y venir a verle todos los días para consolarle. Cuando me llevaron la flor, me figuré que veía a una niña que me mandaba todo esto y me decía que fuese buena. Debía ser su hija de V. Lléveme al jardín para que rece ante su sepulcro y el rosal que nació a su lado.

Bajaron y hallaron que tenía muchas rosas abiertas, todas tan hermosas como la primera. El caballero estaba muy conmovido, comprendiendo que algo extraño le ligaba a aquella niña que tenía la edad de la suya cuando esta murió.

Margarita cumplió lo ofrecido y fue a ver al caballero diariamente; este la recibió al principio con agrado y acabó por no poder vivir sin ella.

La niña fue siempre buena y cariñosa, nadie tuvo la menor observación que hacerle y todo el mundo atribuía aquel cambio a la flor.

Margarita y el caballero cuidaron con esmero el rosal, que cada año dio mayor número de rosas blancas.

LA HIJA DEL GIGANTE

En la ciudad donde vivía, que era una de las mejores de España, le llamaban León el Grande. Tenía una estatura verdaderamente extraordinaria, como no se ve ya en estos tiempos, ni aún en los países donde son los hombres más altos. Su rostro era franco y simpático, su carácter dulce y bueno, su alma candorosa como la de un niño. Dotado de una fuerza excepcional, sólo la empleaba para defender al débil; así es que era temido por los unos e inspiraba vivas simpatías o profundo cariño a los otros. Era rico, había perdido a toda su familia y su única aspiración era formarse una, porque era entusiasta de los encantos del hogar. Pero la cuestión de hallar novia era para él difícil, porque siendo excesivamente tímido, no se atrevía a hacer el amor a ninguna muchacha.

Una vez, pasando por una plaza, vio asomada a una ventana una joven cuya belleza le cautivó; a la mañana siguiente, que era un domingo, la esperó a la puerta de su casa para ir a la misma misa que ella. La doncella no salió hasta las diez; pero al verla a su lado León sufrió una decepción terrible, porque era de tan corta estatura que no podía menos de hacer una figura ridícula a su lado; desistió de la conquista porque algunos de sus amigos se rieron al verle junto a la joven, que no podía mirarle sin molestia.

Cuando iba a un baile, no tomaba parte en la fiesta porque ninguna mujer alcanzaba a su brazo para bailar con él. Su estatura colosal le causaba más disgustos que beneficios.

Al fin un amigo que había sido de su padre le habló de una señorita a quien él conocía, en estos términos:

-Desde hace un año soy tutor de una muchacha que reúne las mejores condiciones para ser tu esposa. Es bella, honrada, rica y tiene una estatura que, aunque no llega ni con mucho a la tuya, no resultaría mal al lado de un gigante como tú. Los demás hombres parecen muñecos cuando pasan junto a ella. Ven mañana a comer a mi casa, te presentaré a Fernanda, que así se nombra, y si no te parece fea y ella te encuentra bien, yo me encargo de arreglar la boda, con lo que habré labrado vuestra felicidad y la mía, pues no sé qué hacer de esta pupila que no cabe en ninguna parte. Será preciso construir una casa muy alta de techo para vosotros, porque no es cosa que la lleves a la que hoy habitas, que debe contar muchos siglos. Es verdad, que en las modernas no podrías estar en pie y harto haces cuando visitas a alguien con sentarte en sillas y comer en mesas que para ti son bajas. Conque no faltes a las siete en punto.

Claro está que León no faltó. Miró por primera vez sin la menor molestia a una mujer y esta no le desagradó ni él a ella tampoco. Desde entonces visitó a menudo a su anciano amigo, y antes de que pasase un mes el gigante ya había declarado su amor a la joven y ella le había correspondido.

Se verificó la boda al cabo de algún tiempo y fueron a habitar una hermosa casa de dos pisos construida expresamente para ellos, pero que en su exterior tenía la altura de las de cuatro.

León y Fernanda vivieron allí completamente felices, salían poco y recibían contadas visitas; era para los dos tan incómodo hacerlas como que se las hiciesen, porque las sillas tan altas no permitían a ninguno de los amigos apoyar los pies en el suelo y, aunque para subsanar esa falta habían mandado llevar unas banquetas, los asientos no resultaban nunca cómodos.

Al año de matrimonio, Fernanda tuvo una niña que, aunque muy hermosa no parecía llegase a ser de la extraordinaria altura de sus padres. Pero al poco tiempo empezó a crecer de tal modo que pronto no le sirvió la cuna, ni hubo niñera que pudiese tenerla en sus brazos.

Mientras estaba en la casa de los padres la cogían ya el uno, ya el otro, y para salir idearon comprarle un coche tirado por un borriquillo, llevando a la niña bien sujeta al asiento para que no se cayese.

Si aquella familia hubiera sido pobre, habría podido ganar una fortuna mostrándose al público por dinero en algún local.

La hija del gigante, como todo el mundo la llamaba, nombrábase Camila y era una criatura bellísima, de carácter dulce y tan miedosa que hasta de una mosca se asustaba. Nunca logró jurar con niñas de su edad, porque su estatura la hacía parecer de muchos más años; así es que no pudiendo amoldar sus gustos a los de sus compañeras, resultaba que no se divertía. León veía con pesar que su hija iba a ser tan alta como él; a los diez años era casi igual a su madre y ya no le permitían tomar parte en los juegos fuera de su casa porque todo el mundo se reía de ella.

Por esa época tuvo una gran pena León; su esposa, la tierna compañera de su hogar, murió después de una enfermedad muy breve. El esposo y la hija no hallaban consuelo para aquel dolor.

Viendo que pasados algunos meses, la aflicción del viudo y de la niña no se mitigaba, los médicos aconsejaron a León que hiciese un viaje, y él resolvió poner en práctica aquel proyecto. Pero para realizarlo era preciso hacer con el buque, pues el viaje iba a ser por mar, lo mismo que se había hecho con la casa; construirlo expresamente para León y para Camila. Esto los detuvo algún tiempo, pero al fin lograron su deseo embarcándose en el buque de su propiedad una hermosa mañana.

La niña iba muy asustada y sufrió además las molestias del mareo; así es que apenas salía de su camarote. Su padre la acompañaba casi siempre, pues verse al lado de ella era ya la sola ventura que a León le quedaba. Viajaron por todas las partes del mundo, deteniéndose en muchos de sus países más notables para ofrecer a Camila algún descanso. Al fin ella se acostumbró a ir a bordo, el mareo cesó, el temor al mar fue disminuyendo y León vio tranquila y más contenta a su niña.

Una noche, poco después de haberse acostado el gigante, le fue a buscar uno de los marinos que le acompañaban en el buque y le dijo en voz baja para que Camila, que dormía en la cámara contigua, no le oyese:

-La noche está obscura, el mar agitado, todo anuncia la proximidad de una tormenta.

-¿Corremos peligro? -preguntó León.

-Sí, y por eso he venido a avisarle. Con un tiempo como el de hoy y un buque como este de poca resistencia, no sé lo que podrá ocurrir.

-¿No sería posible ir a tierra?

-Estamos lejos de la costa.

-¿Entonces, qué hacer?

-Prepararse a arrostrar el riesgo que vamos a correr en breve.

Apenas se alejó al marino, León hizo que su hija se levantase y, aunque no le dijo lo que les amenazaba, la previno que anunciaban una tormenta. Camila no quiso separarse de su padre y temblando esperó a que se realizasen los tristes pronósticos.

La tempestad que estalló a poco fue horrible. La niña lloraba abrazada a su padre, que en vano trataba de calmar su agitación. Cuando oyó que el buque hacía agua y que no había salvación posible, Camila perdió el conocimiento.

Algunas horas permaneció sin darse cuenta de lo que en su derredor pasaba. Al volver en sí, se halló en un hermoso campo a la orilla del mar. Era de noche y en el cielo brillaban la luna y millares de estrellas sin que ni la más ligera nube indicase la pasada tormenta. Árboles gigantescos de grueso tronco y grandes hojas de diversos matices, desde el verde más claro al más obscuro; flores desconocidas en su mayor parte, de vivos colores y embriagador aroma; pájaros preciosos que iban a refugiarse en sus nidos; una aldea formada de chozas; algunos animales, al parecer domésticos, pero que Camila no recordaba, haber visto nunca; un calor sofocante y una soledad absoluta en lo que a los mortales se refiere; he aquí lo que halló la hija del gigante cuando volvió de su desmayo. Ni su padre, ni los marinos, ni el buque habían dejado el menor rastro.

Camila advirtió que su ropa estaba mojada y que tenía una ligera herida en una mano. Para que León hubiese abandonado a su niña era preciso que hubiera muerto; así la pobre criatura que se creyó ya sola en el mundo, no pudo contener el llanto y ocultó el rostro entre sus manos vertiendo copiosas lágrimas. A su pena se unía el temor de estar en un sitio desconocido, de noche y abandonada.

Una música de instrumentos metálicos, así como platillos o hierros, vino a distraerla y no tardó en ver por un sendero, distinto de aquel en que ella estaba, una comitiva de negros y negras llevando en unas angarillas el cuerpo inerte de una mujer. Algunos de los hombres tocaban aquella música que ella había oído, pero todo quedó en silencio cuando llegaron a una plazoleta donde se pararon.

En, el centro había una gran piedra que apartaron, dejando un hoyo profundo descubierto. Después de ejecutar una danza acompasada, cogieron el cuerpo de la mujer y lo depositaron en el hoyo. Los negros lanzaron grandes gritos y luego echaron sobre el cadáver flores, ramas, joyas de más brillo que valor y hasta armas. Tocaron de nuevo sus instrumentos de metal y cubrieron con la piedra aquella sepultura. Sobre ella depositaron pieles y otros objetos y volvieron a emprender su marcha lentamente.

Camila vio con terror que aquella turba tomaba el camino donde ella se hallaba y el mismo miedo le impidió ocultarse para que no la descubrieran. Pronto estuvo rodeada por los negros y las negras que lanzaban gritos de algazara. La hicieron levantarse para que los siguiera, pues la niña estaba sentada, y el asombro de los salvajes no tuvo límites cuando observaron que Camila era mucho más alta que ellos.

-¡Una mujer blanca! -dijo uno en su idioma, que la hija del gigante no comprendía.

-¡Una doncella hermosa! -prosiguió otro.

-¡Qué buen manjar!

-¡Qué gran hallazgo!

Un negro, el que parecía el jefe, que era joven y hermoso, pues no tenía las facciones abultadas de los de su raza, les habló así:

-Nuestra reina ha muerto; le hemos pedido que nos indique cual debe ser su sucesora, y nos ha enviado a esta niña blanca para reemplazarla. Llevémosla en triunfo al palacio y que las mujeres de esta tierra le ofrezcan bellas telas y ricas joyas.

-¡Viva la reina! -gritaron los negros.

Con ramas formaron prontamente una silla de manos, donde colocaron a la fuerza a la asustada Camila. La niña creyó llegado su último momento y empezó a llorar llamando a su padre. Entonces el hermoso negro procuró tranquilizarla hablándole con dulzura y haciéndole comprender que no debía temer nada. La llevaron a una ciudad de más importancia, donde fue recibida por el ejército de aquel país, que se componía de mujeres negras, generalmente bellas, dotadas de singular valor y energía, como nos han descrito a las amazonas de África. Camila, la criatura más medrosa que se ha visto, no tuvo más remedio que ponerse al frente de ellos y hacer arriesgadas excursiones a los pueblos vecinos.

Poco a poco, y gracias al hermoso jefe, pudo aprender el idioma de aquellos salvajes que la adoraban y civilizarlos un tanto. Lo que no logró evitar, fue que la casaran con el joven negro; pero él se mostró tan apasionado y tan sumiso con ella, que acabó por acostumbrarse al color de su esposo y le quiso realmente.

Algunos años más tarde, unos exploradores que llegaron a aquella parte desconocida de África, fueron hechos prisioneros y presentados a la reina. Entre ellos iba León, que había recorrido una infinidad de tierras en busca de su hija, a la que perdió cuando el naufragio de su buque, en el que habían perecido todos menos los dos.

Camila, a la que llamaban la reina Mila, reconoció a su padre, y a aquel encuentro siguió una conmovedora escena. León no podía creer en su felicidad. Después de las primeras expansiones, la joven le presentó a su esposo y a sus hijas que, a la edad de dos y cuatro años, ya prometían ser de la misma raza de gigantes que su abuelo y su madre.

El pobre León suspiró melancólicamente al ver a aquella familia de ébano, pues las niñas eran negras como su padre; pero conociendo que la reina Mila era feliz, se dijo:

-Más vale, después de todo, que se haya casado aquí; su marido es bueno y quién sabe el hombre que le hubiera tocado en suerte. No siempre son negros los salvajes, ni viven en el interior de África.

León no se separó ya de la joven, y la ayudó con su experiencia y sus consejos a gobernar aquel país, donde tanto los reyes como los súbditos gozaron un grato bienestar.

Allí no volvió a entrar ningún europeo; sólo la casualidad hizo que la joven fuera arrojada a aquellas orillas, y el amor paternal que León lograse encontrarla al cabo de algunos años.

En España todo el mundo creyó que la hija del gigante y este habían perecido en el naufragio.

EL ALTAR DE LA VIRGEN

Se acercaban las fiestas de la Virgen de Agosto que debían celebrarse en el pueblo de *** con más esplendor que nunca. La función de iglesia prometía estar brillante; la víspera al anochecer debía cantarse una Salve y la Letanía en la parroquia, después haber fuegos artificiales en la plaza, verbena en la misma, acaso baile, pues se susurraba, que algunos mozos del lugar, aficionados a la música, tocarían las guitarras hasta media noche, para animar a sus paisanos, y después darían serenatas a las jóvenes más hermosas de ***.

A una media hora del pueblo, en un bosquecillo de viejos árboles cubiertos de verde ramaje, se elevaba un modesto altar en el que se invocaba una bella estatua representando a la Virgen María llevando al Niño Jesús en sus brazos. Nadie recordaba la época en que se había descubierto aquella estatua; sólo se sabía que desde tiempo inmemorial el 15 de Agosto iban los habitantes de los lugares vecinos en peregrinación hasta allí y que la Virgen les otorgaba todo lo que con gran devoción le pedían.

Las muchachas eran generalmente las encargadas de adornar el altar, y aquel año lo habían sido las de dos familias que vivían cercanas al bosquecillo. Cada una se componía de un matrimonio y una hija, siendo ambas niñas de la misma edad, circunstancia por la que, más bien que por sus gustos e inclinaciones, eran amigas inseparables.

Regina tenía diez años; era hermosa, elegante, pero altiva; sus padres ricos labradores, no se negaban jamás a satisfacer sus caprichos, y los tres habitaban una preciosa quinta rodeada de un extenso jardín.

Aurora era sencilla, dulce, afable, menos bella pero más simpática que su compañera, hija de humildes campesinos que vivían en una modesta casita situada en un verde prado.

Dos días antes de las fiestas se reunieron Regina y Aurora en casa de la primera.

-Veamos -dijo Regina-¿qué has pensado hacer para adornar el altar?

-Yo -respondió tímidamente Aurora-pienso, con ayuda de mi padre, formar un arco de ramaje que sirva de dosel a la Virgen, adornándolo todo con margaritas, amapolas y campanillas blancas o azules, y con esas mismas flores que se trasplantan fácilmente, cubrir la tierra, alfombra sobre la que podrán pasar los peregrinos. Pienso también ponerle luces, muchas luces, para que desde lejos parezcan estrellitas del cielo.

-¿Y nada más?
-Nada más.

Regina se sonrió desdeñosamente, y dijo después:

-Todo eso, Aurora, no vale nada, y nuestro altar con tus flores del campo sería un altar muy pobre. No te impediré que coloques tus margaritas y tus amapolas; pero a su lado pondremos camelias, tulipanes y otras preciosas plantas que conservan con cuidado en las estufas de mi jardín. Mis flores serán más dignas de la Virgen que las tuyas.

-¿Por qué?

-Porque son más ricas.

-¿Es decir -murmuró Aurora tristemente-que siendo yo más pobre que tú, la Virgen me querrá menos?

-No seas simple, eso no se pregunta.

-¿Qué más tienen las niñas que las flores?

-Yo no conozco la causa; lo único que puedo asegurarte es que mis flores llamarán más la atención que las tuyas, sino a la Virgen, al menos a los hombres.

A la mañana siguiente, Regina hizo llevar al bosque las plantas más raras de su jardín para colocarlas junto al altar, se pusieron por su orden una infinidad de farolitos de colores alrededor de aquel, en tanto que Aurora y su padre formaban el arco de ramaje y trasplantaban las flores silvestres que tomaban vida en la nueva tierra que ocultaba sus raíces. El arco fue también adornado con las mismas flores, y el altar con una profusión de cirios. La orgullosa Regina miraba con desdén a la sencilla Aurora, y exclamaba interiormente:

-¡Qué humillada se verá mañana cuando compare el efecto que producen sus dones con el que harán los míos!

Aquella noche las dos niñas se acostaron temprano y no asistieron a las fiestas que acabaron antes de lo que todos esperaban. A eso de las diez una fuerte tormenta seguida de copiosa lluvia dispersó los alegres grupos e hizo imposible que se quemasen los fuegos artificiales. El día siguiente amaneció más sereno, si bien algunas pardas nubes empañaban el puro azul del cielo.

Regina y Aurora se dirigieron hacia el altar, y apenas se hubo acercado la primera se quedó parada y confusa. Sus plantas tan bellas en la estufa, se inclinaban lacias y marchitas: el temporal las había agostado en una noche. Los faroles se habían roto o estropeado igualmente. En cambio los cirios dados por Aurora continuaban derechos sobre el altar, y sus flores, hijas de los campos, las rojas amapolas, las blancas margaritas de corazón de oro, las azules campanillas, parecían lucir con más gala y esplendor que nunca sus bellos matices, adornando sus cálices las perlas del rocío.

Regina lloró de rabia y desesperación, quiso enviar a su casa por otras flores, pero era ya tarde; apenas se habían encendido las luces empezaron a llegar los peregrinos.

-¡Qué hermoso está el altar! -exclamaban algunas mozas-¡qué buena idea la de alfombrar el suelo de flores!

-Todo es obra de la hija de Claudio, de Aurora -decían otras.

Regina no quiso oír más, nadie se ocupaba de ella, así es que decidió alejarse. Su amiga se ofreció a acompañarla.

Por el camino encontraron al padre de Aurora, al que esta entristecida por el pesar de Regina, refirió lo que había pasado.

-Niñas mías -les dijo Claudio-eso es una lección que Dios os da para que juzguéis las cosas tales como son. Vosotras habéis sido las que habéis cuidado primero y elegido después esas flores para el altar de la Virgen. Regina estaba orgullosa de su don. Aurora desconfiaba del suyo. A la Santa Madre de Dios le agradan las flores modestas y los corazones sencillos; nada es más bello que lo que produce la naturaleza; ni las plantas ni las niñas necesitan falsos adornos para ser hermosas, ni para ser buenas. De hoy en adelante no sintáis orgullo por nada, dedicaos ambas a cuidar las flores, pero no desdeñéis jamás a las que nacen en el prado sin saber quién las sembró; pensad que las plantas raras y costosas, sólo esparcen su aroma en los invernáculos, y que el perfume de las flores silvestres sube desde el verde prado hasta el mismo cielo; por eso son esas las flores que más ama y protege la Virgen María.

LA PRINCESA ELENA

Aquel príncipe tan amado de sus súbditos, casado con la princesa Rosalía, que presenté a mis lectores en el cuento titulado *Pedro y Perico*, tenía un hermano menor llamado Enrique que, al morir sus padres, había heredado también numerosos Estados y grandes bienes de fortuna.

Así como los primeros no habían tenido de su feliz unión más que un hijo, Enrique y su esposa la princesa Amalia no temían más que una niña, a la que habían dado el nombre de Elena.

La heredera del principado, porque en él podían las hembras ser sucesoras, era una criatura bellísima, de cabellos rubios y ojos azules, frente despejada y tez blanca teñida de un ligero sonrosado.

Rodeada de cuidados solícitos, la princesita podía vivir tranquila, si no contenta, en el soberbio palacio donde habitaba. Y si digo que no vivía contenta es porque la princesa amaba todo aquello de que se la privaba, correr por el campo, tener por amigas a niñas de su edad, ser expansiva sin que se tomasen sus demostraciones por familiaridades poco en armonía con su alto rango, no estar constantemente vigilada, en fin olvidar aquella etiqueta con que la mortificaban desde por la mañana hasta por la noche.

Tenía varios profesores y un aya encargada de no separarse de ella ni un segundo.

Cuando Elena paseaba en su carruaje, miraba con envidia a las niñas que jugaban sin que nadie se lo impidiera, y con placer hubiera cambiado su suerte por la de cualquiera de aquellas criaturas.

Una tarde del mes de Mayo iba la princesa, como de costumbre, en coche con su aya y otro individuo de su alta servidumbre por los alrededores de la ciudad. Hacía un tiempo magnífico, los árboles, completamente cubiertos de ramaje, formaban una bóveda sombría, la tierra estaba cubierta de césped y de flores; los pájaros cantaban alegremente; el cielo, que apenas se divisaba entre las verdes hojas, tenía un hermoso azul, estaba completamente despejado, y a lo lejos se veía un ancho río con algunas lanchas de pescadores.

-¡Qué feliz sería yo si me bajase para pasear! -exclamó la princesa.

El aya miró al caballero, y este, que quería mucho a la niña, dijo:

-Verdaderamente por una vez bien podría darse ese gusto a su alteza.

Apenas hubo pronunciado estas palabras, Elena dio orden de que parase el coche; se bajó seguida de los dos individuos de su servidumbre y, diciendo al cochero que la esperase allí, echó a andar yendo detrás de todos el lacayo. Este era un muchacho de pocos amos y viendo a otros chicos de su edad que estaban jugando a la pelota, como él no tenía tampoco aquellos ratos de expansión, dejó que se alejaran un poco la princesa y sus acompañantes y propuso a los niños ser de la partida, a lo que ellos accedieron gozosos.

Elena corría sin separarse mucho del aya y de su servidor. Al fin, al llegar a una plazoleta, de la que la niña prometió no salir, el caballero dijo a la dama:

-Mientras la niña juguetea, bien podemos nosotros conversar un rato, haciendo grato paréntesis a la enojosa etiqueta de palacio.

Guillermina, que era un tanto curiosa, se embelesó con los sucedidos que su compañero, con gracia y donaire, le fue explicando, y así entretenida pasó algún tiempo, hasta que recordando sus deberes, buscó con la vista a la princesa. Elena había desaparecido. El aya y Federico la llamaron, corrieron en distintas direcciones, interrogaron al lacayo, que se había cansado de jugar y había vuelto al lado del carruaje; todo en vano, nadie había visto a la princesita, ni ella acudía a sus voces.

Ya muy tarde regresaron a palacio; con verdadera pena y con temor profundo refirieron los dos servidores a los príncipes lo ocurrido y los amantes padres, desesperados, locos, hicieron que se buscase a la niña por todo el principado, a pesar de que suponían que no podía estar lejos, e hicieron encerrar en estrecha prisión a Guillermina, a Federico, al cochero y al lacayo.

Poco se tardó en saber por casi toda la nación el extraordinario suceso; los unos suponían que el aya y el servidor habían dado muerte a la princesa, otros que la habían escondido en alguna cueva con el objeto de que a la muerte de los príncipes la sucesión fuese para algún protegido de ellos y la niña no pudiera presentarse a pedir la herencia, estando muy bien vigilada; algunos, los menos, los creían inocentes e imaginaban que Elena había sido robada por otra persona.

Ello fue que el tiempo pasó y nadie dio noticias de la princesita. Guillermina y los tres servidores seguían presos e incomunicados y los príncipes apenas salían de su palacio sufriendo amargos pesares para los que no hallaban consuelo.

¿Qué había sido en realidad de la niña?

Viendo que su aya y su acompañante no se ocupaban de ella, Elena echó a correr tras una mariposa blanca y no se detuvo hasta que llegó junto al río. Allí había una barca mal amarrada con una cuerda.

-¡Qué hermoso debe ser embarcarse! -exclamó la princesa.

Y se metió en la lancha. Soltó la cuerda y la frágil embarcación se fue alejando poco a poco. Quiso entonces retroceder, pero no era tiempo y, como los otros botes no estaban hacia allí, nadie pudo auxiliarla.

Una hora después pasó en otra barca un pescador que, adivinando sin duda algo de lo ocurrido, recogió a Elena dejando la lancha en que iba ella abandonada. Pero aquel hombre era extranjero y en balde interrogó a la princesa en su idioma, porque la niña no le comprendió.

Elena estaba seriamente alarmada, lo que no le había ocurrido hasta entonces, y suplicaba al pescador que la llevase a su palacio.

Era aquel extranjero un hombre honrado y caritativo que se había visto obligado a dejar su país porque, habiendo un hermano suyo cometido un crimen, todos le miraban con horror en su tierra, aunque él era inocente, y había huido al principado aquel con su mujer y dos hijos de corta edad, en busca de mejor fortuna.

Vivían en una pequeña población que contaba escasos habitantes, y se mantenían con los productos de la pesca que el iba a vender a la ciudad a un antiguo amigo suyo.

La mujer y los niños del extranjero acogieron a la princesa con cariño, la hicieron comer manjares que ella jamás había probado y luego la acostaron con la otra niña en una pobre cama -[101-102]- donde la princesita no tardó en quedarse profundamente dormida.

Al siguiente día tuvo que hacer la misma vida que los extranjeros, ayudar a la niña a limpiar la casa, comer modestamente y jugar algo con las dos criaturas a las que entendía un poco, porque ya habían empezado a aprender la lengua del país, lo que no ocurría a sus padres. Contó su historia Elena, pero pareció a los chicos tan inverosímil que no la creyeron ni le dieron importancia ninguna. A aquel lugar no habían llegado las pesquisas que se hicieron para buscar a la princesa, pues nadie imaginaba que se hubiera refugiado allí.

La niña aprendió a coser y otras muchas cosas útiles que no sabía, y el pescador y su mujer, viéndola de carácter tan dulce y bondadoso, le tomaron cariño y se hicieron cuenta de que tenían una hija más.

Sus lujosas ropas se echaron a perder cuando llevó algún tiempo de estar en aquella población, y la princesita fue vestida pobremente como los otros dos niños. Las joyas que llevaba, que consistían en dos pulseras, un medallón con cadena de oro y algunas sortijas, fueron vendidas a las mujeres más ricas de la comarca para emplear su producto en efectos más útiles para Elena; así ella no conservó nada de lo que llevaba puesto cuando salió de su palacio. Como era naturalmente elegante y no ocultaba su historia a los muchachos que con ella jugaban en el pueblo, estos le hacían burla y le daban el nombre que por derecho propio le correspondía, por más que allí nadie creía que la historia fuese real; la llamaban la princesa Elena.

Sus mismos protectores, que ya comprendían perfectamente su idioma, sí la creían hija de algún gran señor, pero no la heredera del principado.

Así se pasaron algunos años sin que ningún acontecimiento fuera a alterar en lo más mínimo la vida de aquellas buenas gentes. Pero he aquí que un día llegó a una posada un caballero y contó al dueño de ella lo ocurrido a los príncipes, añadiendo que no se explicaba como la princesita no había parecido ni viva ni muerta. El posadero se calló, pero apenas el señor se alejó del lugar, llamó a su mujer y le dijo:

-¿Sabes que la historia contada por Elena ha resultado cierta? Ella es la heredera del trono; pero mira que buena, ocasión se nos presenta para hacer de nuestra hija Clara una princesa; tiene la misma edad que la otra niña, sabe esa historia, es inteligente y, con poco que le expliquemos, hará creer que es la princesa que se perdió hace años. Como pruebas, presentamos las dos pulseras que le compré cuando el pescador extranjero tuvo que venderlas, y así nadie dudará que nuestra Clara es la princesa Elena.

La mujer aprobó el plan y se lo dijeron a la niña, que era por su carácter muy a propósito para hacer la sustitución. Clara era vanidosa y no pudo menos de divulgar el secreto del posadero para que se supiera que ella iba a ser princesa. Enseguida todos los padres que tenían hijas de aquella edad próximamente y que también habían comprado las joyas de la princesita, pensaron hacer lo propio, reuniéndose en un momento tres falsas princesas que salieron el mismo día para la capital del principado.

El pescador extranjero, que comprendió que la verdadera princesa era la que él tenía en su casa, se embarcó en su lancha con Elena y partió en busca de los príncipes Enrique y Amalia, los inconsolables padres de la niña.

Pronto se divulgó por la capital la noticia de que la princesa había sido hallada en una modesta población. Algunos señores quisieron ser los que llevasen a palacio a la niña, y el uno se encargó de presentar a Clara y los otros a las llamadas Mariana y Clotilde que eran las que poseían, como pruebas de su identidad, las joyas que habían pertenecido a la princesa.

Enrique y Amalia, al saber que había tres criaturas que decían ser Elena, se hallaban muy preocupados y citaron en su palacio a las presuntas herederas del trono.

El pescador y su protegida se presentaron también, aunque no había en la nación nadie que se interesase por ellos.

Los príncipes con algunos de sus vasallos se hallaban en un gran salón cuando fueron las cuatro niñas llevadas a su presencia.

Clara, Mariana y Clotilde iban bien vestidas y lucían las joyas de la princesa, que un hábil platero había agrandado para ellas, excepto el medallón y la cadena, que pertenecían a la segunda, y que habían quedado tales como eran. Elena, con su modesto traje y su aire tímido fue la que excitó menos la atención. Una después de otra refirieron la historia con idénticos detalles, casi con más las que llevaban el papel estudiado que la que sabía lo ocurrido realmente.

Los cortesanos no se atrevían a decir nada; los unos encontraban que Clara tenía el porte distinguido de Amalia, los otros que Clotilde era muy semejante en la mirada a Enrique, y los más que Mariana, que era rubia y con los ojos azules, se parecía a la niña que se perdió. El príncipe se retiró a otra instancia con sus súbditos más notables para deliberar. Nadie podía resolver el conflicto.

De repente el bufón, que era un hombrecillo de la estatura de un niño de dos años, con una cabeza descomunal y una joroba enorme, se detuvo ante Enrique y le dijo tratándole con la familiaridad que le era propia:

-Había una vez un gran señor que tenía frecuentes accesos de melancolía. Le regalaron un mono y este distrajo a su amo de tal manera, que ya no necesitó más para ser feliz. Pero he aquí que un día se perdió el mono y el señor volvió a tener sus ratos de tristeza. Se ofreció una fuerte suma al que lo llevase a palacio y antes de los tres días le presentaron una docena de monos tan iguales al suyo que nadie podía distinguirlos. El señor mandó abrir las puertas de su mansión y dio orden de que los dejasen sueltos. La mayor parte de ellos entró; uno se dirigió a la sala, otros al despacho, cual a la galería de cuadros o a la biblioteca. Uno pasó a la cocina y se fue derecho al sitio donde le daban de comer. -«Este es mi mono», dijo el señor. Pagó al que se lo había llevado y despidió a los otros. Príncipe Enrique, aplícate el cuento. Aunque hace siete años que se perdió la princesa, algún recuerdo debe guardar de su palacio. Suelta a las cuatro chicuelas y comprenderás cuál es tu hija.

No era malo el consejo y además nadie había dado otro mejor.

Clara fue la primera que recibió la orden de buscar su cuarto y, como era natural, se detuvo en la alcoba que encontró más próxima. Sin decirle si había acertado o no, se la hizo volver a la sala.

Mariana fue más lejos, parándose en otra alcoba precedida de un tocador lujoso; Clotilde hizo poco más o menos lo mismo.

Elena, que era la última, pasó por aquellos dormitorios sin fijar la atención en ellos y no se detuvo hasta llegar a un oratorio.

-Aquí me parece que estaba -murmuró-, pero mi cama la han quitado.

Entró en otra pieza en la que había, entre otros muebles, un armario, lo abrió y sacó de él una muñeca vestida de blanco.

-Esta es la que me regaló Guillermina, mi aya -prosiguió.

Pero todo lo que hablaba no lo decía para que lo oyesen, parecía en aquel momento creerse sola y transportada a otros tiempos.

Sacó entre varios objetos los retratos de sus padres como eran algunos años antes, porque la pena los había cambiado tanto que ya no parecían los mismos, y los besó con profundo respeto.

-Otra prueba aún -dijo el príncipe Enrique-; que vayan las niñas al jardín.

Fueron en efecto, pero apenas habían entrado en él, un perro se dirigió hacia ellas, ladró alegremente y luego, moviendo la cola, lamió las manos de Elena y le prodigó otras caricias.

-¡Pobre León! -exclamó ella-, ¿te acuerdas todavía de mí?

Y le besó con cariño.

Ya no quedaba la menor duda, la única niña que no poseía la menor prueba de ser la hija de Enrique, era la princesa Elena.

Los padres no cesaban de abrazarla y los súbditos vitoreaban a los tres.

Las niñas se volvieron a su pueblo, no castigándose a los padres por haberlo rogado así la princesa; Guillermina, Federico y los otros servidores fueron puestos en libertad; al bufón, que era de carácter triste, se le permitió que no hiciese reír más a nadie en palacio, pero que continuase en él, y el pescador y su familia obtuvieron grandes riquezas, porque la princesita los quiso siempre con ternura recordando lo que por ella habían hecho.

Los príncipes y su hija fueron completamente dichosos y algunos años después la princesa Elena se casó con su primo Pedro reuniéndose en un principado los vastos dominios de los dos.

* * * * *

EL PERRO DEL CIEGO

-¡Las seis de la mañana! Ya es hora de salir: estamos en Junio y hace gran rato que debe de ser de día. ¡Luisa! ¡Luisa! ¿Te has levantado o estás todavía durmiendo?

El que esto decía era un anciano se setenta años, con el cabello blanco, de mediana estatura, que se apoyaba en un palo grueso con una mano, mientras con la otra buscaba la puerta que daba salida a su humilde habitación. El viejo Teodoro era ciego. La persona a quien se dirigía era su nieta, hermosa niña de doce años, que dormía profundamente en el cuarto inmediato al de su abuelo.

Teodoro era un pobre que pedía limosna por el camino que conducía desde el pueblo a la ciudad, y la niña cuidaba la casa, entregándose al mismo tiempo a alguna labor propia de su sexo.

Al escuchar la voz del anciano, Luisa se despertó sobresaltada, se vistió apresuradamente y corrió a buscar a su abuelo, al que abrazó y besó con la mayor ternura.

-Me marcho, hija mía -le dijo-, y hoy te repito como siempre que no abras a nadie la puerta mientras estés sola. Me alejaría mucho más tranquilo si te dejase a Miro.

-¡Bah! se iría a la calle y no lograría V. que me acompañara.

Miro era un gran perro negro que estaba desde que nació en poder de Teodoro.

Apenas se oyó nombrar, acudió presuroso dando saltos de alegría, saludando así a sus queridos amos.

-Puesto que no consientes que Miro esté contigo, me lo llevaré -murmuró el viejo-. Hasta luego, Luisita.

-Hasta luego -repitió la niña.

Teodoro y el perro se alejaron.

Luisa barrió la casa, arregló el cuarto de su abuelo y el suyo, encendió el fuego del hogar, preparó el frugal almuerzo y luego se sentó junto a la ventana y se puso a coser. Transcurrieron tres horas sin que el abuelo volviese, y la niña empezó a estar inquieta.

-Vecina -preguntó a una vieja que pasaba por la calle-, ¿ha visto V. al padre Teodoro?

-Lo hallé a las siete cerca de la ciudad.

Luisa siguió cosiendo, y como viera a un labrador conocido suyo, le dijo lo mismo que a la anciana.

-A las ocho le hallé en el molino -respondió el hombre.

Un momento después interrogaba la niña a un muchacho.

-A las nueve -contestó el chico-, le encontré sentado en el camino, al parecer descansando.

Luisa, estaba cada vez más intranquila, y ya iba a salir a la calle a buscar a su abuelo cuando Miro se acercó a la ventana; venía muy cansado y lanzaba ladridos lastimeros.

-¿Qué pasa, mi buen perro -dijo Luisa llorando-, cómo es que vienes solo, dónde has dejado a tu amo? ¡Él que no quería llevarte! Si no hubiera sido por ti, yo no sabría de él, puesto que tú sólo vienes a darme noticias suyas.

La niña salió de la casa, y el perro, luego que la lamió las manos y se dejó acariciar, la guió hacia la carretera, donde Luisa no tardó en hallar a su abuelo, tendido en el suelo, pálido como un muerto y sin sentido. El pobre anciano había salido estando enfermo, y las fuerzas le habían faltado antes de regresar a su morada.

Las lágrimas de Luisa conmovieron a unos arrieros, que cogieron al viejo y le llevaron al pueblo, donde le dejaron en su propia vivienda, al cuidado de la niña.

Esta fue a llamar a un médico, que declaró al instante que el mal de Teodoro, aunque no era muy grave, se curaría lentamente.

-¿Qué va a ser ahora de nosotros? -decía Luisa-; si salgo para pedir limosna, tengo que abandonar a mi abuelo; si me quedo aquí no habrá nada para alimentarnos él, mi buen Miro y yo.

Cosía y bordaba con más afán que nunca, pero como sobraban mujeres que se dedicaban a esas labores en el pueblo no encontraba quien pagase las suyas.

Hacía algunos días que Teodoro estaba en cama, lamentándose de su triste suerte; se habían agotado sus recursos, y el último pedazo de pan se había comido por la mañana. Miro impacientado por el hambre, había salido, y Luisa cosía a la puerta de su casa.

De pronto vio venir al perro, perseguido por un hombre. Miro entró en la morada de sus amos, y Luisa temerosa de que quisieran hacer algún daño a su compañero se encerró con él. Unos fuertes golpes, dados con un palo en la ventana, la hicieron asomarse a la reja, en tanto que el perro se ocultaba debajo de un banco, sin soltar un panecillo que llevaba cogido con los dientes.

-¡Eh, muchacha! -gritó el hombre-, tu perro me ha robado un pan. O me pagas tú, o el animal lo pagará de otro modo.

-Bueno, señor, yo no tengo dinero.

-Y el perro hambriento se hace ladrón.

-Mi Miro no es ladrón, se equivoca V . . . ¿Tiene V. familia?

-Mujer y un niño recién nacido -contestó el tahonero-; ¿pero eso qué tiene que ver?

-Sí tiene; como me falta dinero entregaré a usted en cambio del panecillo, una gorrita para el chiquitín, con tal que no maltrate V. a mi perro.

-Venga la gorra, y quedamos en paz.

Luisa le dio un gorrito primorosamente hecho.

El hombre algo conmovido al ver la desgracia de la niña, después de despedirse de ella se quedó parado a corta distancia de la casa, pudiendo ver lo que pasaba en su interior.

Entonces salió el perro de su escondite y depositó el pan en la falda de Luisa, que le hizo mil caricias. Él, con su inteligente mirada, parecía decirle:

-He traído pan para tu abuelo y para ti, y mi instinto no podía advertirme que hacía mal en quitar a otro lo que mis amos necesitaban.

-Miro -murmuraba Luisa, como respondiéndole, y pasando su mano por el lomo del animal-, este panecillo es nuestro, tú le has traído y yo lo he pagado.

Cogió un cuchillo, dividió el pan en tres partes, y Teodoro, la niña y el perro comieron satisfechos y con excelente apetito cada uno su parte.

-Luisita -dijo a la mañana siguiente el abuelo después que se hubo enterado de lo ocurrido la víspera-, creo que Miro me ha inspirado una excelente idea; yo tardaré aún muchos días en poder salir, tú no quieres abandonarme y es preciso que el perro trabaje por los tres. Cuélgale una cestita al pescuezo, sal con él al mercado, pide limosna; y lo que te den échalo en la cesta. No acompañarás a Miro más que hoy, y en lo sucesivo irá solo.

Así lo hizo la niña, y por la noche cuando volvió a su casa trajo un panecillo que le había puesto en la cesta el tahonero a quien había dado la gorrita.

Luisa se hallaba muy desanimada, pero por complacer a su abuelo envió a Miro al otro día al mercado. Júzguese de la sorpresa de Teodoro y de su nieta cuando al declinar la tarde llegó el perro con el cestito lleno de provisiones y además algunas monedas de cobre.

Aquel noble animal pidiendo con su mudo lenguaje limosna para sus amos, inspiró curiosidad e interés, contestando el panadero a cuantas preguntas se le hacían sobre el particular. El excelente hombre seguía enviando su recuerdo a la niña.

Sucedió que una mañana pasó una opulenta y caritativa señora por el mercado, al tiempo que un grupo de curiosos rodeaba el perro.

Quiso enterarse por sí misma de lo que ocurría y le impresionó la historia de Luisa y de su abuelo, que le fue referida. Aquella dama había visto morir a su hija única y era además viuda: se encontraba, pues, sola en el mundo. Se decidió a visitar al viejo y a la niña, le encantó la afabilidad del primero y le entusiasmó la bondad del corazón de la segunda. Queriendo favorecerlos rogó al anciano que entrase a su servicio, y se llevó a Luisa consigo para que hiciese las cuentas, porque su abuelo como era ciego no podía escribir.

Agradecida la niña al tahonero, le regaló muchas prendas de vestir para su niña.

Luisa llegó a ser la hija adoptiva de aquella señora y la Providencia del país. Teodoro murió de vejez. En cuanto a Miro, fue el constante amigo y compañero de la niña; pero a pesar de haber mejorado su suerte y la de su ama, todos recordaban que él había sacado a Teodoro y a Luisa de la miseria, y nadie le nombro jamás de otro modo que el perro del ciego.

Su historia se cuenta todavía en el pueblo a los forasteros que en él se detienen.

* * * * *

EL LORO HABLADOR

El tío Salvador, que había llegado de América en el mes de Abril había regalado entre otras muchas cosas a su sobrinita Lola un precioso loro. Tenía un brillante plumaje, se balanceaba con gracia en el aro de metal que pendía de su jaula, pero lo que más llamaba la atención de la niña era que hablaba lo mismo que si fuese una persona.

Lo primero que hizo fue enseñarle a decir su nombre, lo que el loro aprendió pronto y bien, pero no tardó la niña en arrepentirse de ello porque más de veinte veces al día tuvo que dejar sus estudios y sus juegos creyendo que su abuela la llamaba, porque el loro hablaba lo mismo que la anciana cuyo metal de voz parecía remedar a cada instante.

Lolita tenía un hermano mayor con el que no congeniaba mucho porque Gabriel, que así se llamaba, la reprendía a cada instante por sus defectos, que a la verdad no eran pocos. Así es que buscaba la compañía de una niña de su misma edad, hija de los jardineros de su casa, porque la pobre criatura se avenía a todos sus caprichos sin atreverse a contradecirla jamás.

Lola era caprichosa y mal criada, porque sus padres y su abuela la mimaban mucho y, a pesar de verse tan querida, envidiaba la suerte de cuantos la rodeaban creyéndose la niña más desgraciada del mundo cuando tenía una pequeña contrariedad.

El tío Salvador, que era su padrino, le hizo pasar una temporada feliz mientras permaneció a su lado, porque no hubo juguete que ella deseara ni traje que le agradase que no le comprara enseguida; pero el tío tuvo el capricho de visitar Andalucía y partió a los dos meses de su llegada en busca de otros parientes a los que también hacía algunos años no veía.

Una tarde que los padres y el hermano de Lolita salieron, se quedó ella en el jardín jugando con la otra niña, que se llamaba Amparo. Llegaron corriendo cerca de la verja que separaba su posesión de otra aún más hermosa, donde varias niñas vestían una muñeca de tamaño extraordinario; Lolita no tenía ninguna tan grande ni recordaba haber visto jamás ninguna así. Luego sacaron un oso que bailaba; una jardinera que con un carretón lleno de flores andaba después de darle cuerda, y una porción de juguetes a cuál más bonito y más nuevo.

Lola estaba pálida de envidia y se alejó de allí para no ver aquellos objetos que la hacían sufrir de una manera cruel.

-Vamos a jugar con tus muñecas -dijo Amparo.

-¡Mis muñecas! ¡qué feas son! -exclamó Lola llorando-, yo quiero una como esa.

-Ha costado doscientas cincuenta pesetas -dijo Amparo-, lo he oído esta mañana. ¿Por qué no reúnes tu dinero para comprarte otra?

-¿Cuánto dinero es eso? -preguntó Lola.

-No sé qué duros serán.

-Espera, lo ajustaremos . . . veinticinco y veinticinco pesetas son cincuenta y veinticinco son setenta y cinco . . . yo no tengo más que setenta y cinco pesetas, o sea quince duros, luego doscientas cincuenta . . .

Hizo muy despacio la cuenta, y al fin dijo:

-Son cincuenta duros, me faltan treinta y cinco ¿de dónde los voy a sacar?

-Pide a tus papás y a tu abuelita.

-Es verdad, buena idea.

La abuela, que no había salido, dio a Lola dos duros para satisfacer su capricho, pero ¿qué iba a hacer ella con diecisiete?

Cuando volvieron los padres y Gabriel, Lolita les pidió dinero para una muñeca, cuyo precio no se atrevió a decir, pero con gran sorpresa suya su madre la abrazó llorando y no le dio nada.

Su hermano le enteró de lo ocurrido refiriéndole que su padre había perdido en una quiebra su fortuna, que tenía además que pagar una deuda sagrada y que todo el dinero que hubiese en la casa sería poco para salir de aquel compromiso hasta que volviese el tío e hiciese algo por ellos.

Gabriel entregó a su padre lo que tenía ahorrado, pero Lolita no le imitó.

Gracias al empeño de algunas alhajas de la madre se completó la suma y aún sobró algo para ir viviendo hasta el regreso del tío Salvador.

El día en que el padre de Lolita debía efectuar el pago, la niña vio sobre la mesa de despacho muchos billetes de Banco y algunas monedas de oro y plata. Una atracción extraña le hacía entrar en aquella pieza a cada momento y, sin comprender la importancia que la deuda podía tener para su padre, sólo pensaba en que uno de aquellos papeles de color le darían fácilmente la deseada muñeca.

Amparo se hallaba con la niña y, acaso adivinando su pensamiento, trató varias veces de llevarla al jardín para que jugasen.

-Bueno -dijo Lolita al cabo-, ve a buscar mis muñecas, llévatelas bajo el emparrado que yo iré a pedir a mamá las que me tiene guardadas por ser las mejores.

Amparo se alejó y Lola, después de un instante de vacilación, se acercó a la mesa y cogió un billete de cien pesetas. Nadie la había visto. Corrió a su cuarto, abrió su hucha, que era una cajita con llave, y metió el papel en ella.

Después pidió sus juguetes a su madre y se marchó al jardín.

Al reunirse con Amparo vio que esta hablaba con sus vecinas; estas le decían que se iban a marchar para hacer un largo viaje y que no podrían llevarse su hermosa muñeca, que era de esas con articulaciones y que tenía varios trajes y sombreros.

-¿Y qué haréis de ella? -preguntó Lolita acercándose.

-Si hay quien nos la compre . . .

-Yo -interrumpió la niña-, la tomaré si me la dais por algo menos que su valor.

-¿Cuánto tienes?

-Treinta y siete duros.

-Pues trato hecho; venga el dinero y toma la muñeca por la reja, puesta de lado y sin vestir creo que podrá pasar.

-Pero tú no tienes tanto dinero -murmuró tímidamente Amparo.

-Sí, mi tío Salvador me ha mandado cien pesetas -contestó Lola faltando a la verdad con el mayor aplomo.

Un cuarto de hora después la niña tenía en sus brazos la codiciada muñeca, pero se hallaba muy preocupada. Y, sin embargo, aquel juguete era de lo más bello y más perfecto que se hace en Alemania; pero a Lola le parecía que pesaba demasiado, que sus pequeñas manos no la manejaban bien y que jamás podría lucirla llevándola a paseo.

Cuando su padre fue a pagar al importuno acreedor, halló, no sin sorpresa, que faltaban veinte duros de su mesa de despacho. Avergonzado pidió un plazo de veinticuatro horas para reunir aquella cantidad y no dudó que en su casa se había cometido un robo. En su cuarto no habían entrado más que Lolita y Amparo y todos acusaron a la segunda, excepto Gabriel. Como aquello no podía probarse, se contentaron con prohibir a la hija del jardinero la entrada en la casa y todo trato con Lola. Esta dijo que las vecinas al partir le habían regalado la muñeca y nadie pensó en unir un suceso con otro, creyendo que Lolita decía siempre la verdad.

Entre tanto había vuelto el tío Salvador sacando a la familia de apuros, pues era muy rico.

Una tarde se hallaban reunidos en el jardín y Lolita jugaba con el loro.

-Di Lola -le ordenó la niña.

Y el loro dijo enseguida:

-Lola es mala.

-¿Cómo se entiende, pícaro, quien te ha enseñado eso? -preguntó ella muy disgustada.

-Lola es mala -repitió el loro-. Amparo es buena.

Y como la niña gritase protestando, el loro dijo una infinidad de veces:

-Lola es mala, Lola es mala.

-¿Sabéis que este loro es muy inteligente? -objetó Gabriel-; parece que mi hermana comprende que tiene razón por que se ha puesto muy encarnada, y no es de indignación al verse calumniada sino de miedo al ser descubierta. ¿Has hecho algo malo, Lola?

-Yo no -contestó la niña muy turbada.

-Y a propósito de Amparo -prosiguió Gabriel-, ¿saben Vdes. que la pobre niña está muy enferma?

-Amparo es buena -repitió el loro al oír el nombre.

-¿Qué tiene? -preguntaron los padres de Lolita.

-Empezó su mal por una gran tristeza al verse despedida de casa y, aunque adivinaba la causa de esto, no se atrevía a hablar. No comía, ni dormía apenas al ser tratada como una ladrona, y le dio una violenta calentura que ha puesto en grave riesgo su vida. Al saber esto la visité y logré me dijese lo que había callado a todo el mundo.

-Es falso -le interrumpió la niña.

-¿Y cómo sabes tú lo que voy a contar? -preguntó severamente el hermano mayor.

-Lola es mala -gritó el loro.

-Pues el caso es -prosiguió el joven-, que Amparo en efecto no cogió los veinte duros, que quien los tomó fue Lolita, y esta ha dejado que calumnien a esa pobre niña cuando la indigna de estar en esta casa es ella.

Lolita quiso aun protestar; pero al oír al loro repetir que era mala, le dio tal terror que tuvo que confesar su enorme falta.

Lo primero que hicieron los padres fue obligar a Lola a pedir a Amparo perdón y esta, desde que se supo que no era culpable empezó a mejorar.

Regalaron a la hija del jardinero los mejores trajes de Lolita y todos los juguetes de esta y decidieron dar un ejemplar castigo a la niña mala. Le prohibieron hablar con las personas de la casa, le quitaron todos sus gustos y caprichos, la vistieron pobremente, la obligaron a trabajar, y el loro se encargó de aumentar sus penas recordándole a cada momento su falta al decir apenas la veía.

-Lola es mala.

Sinceramente arrepentida lloraba día y noche y preguntaba cuando Dios y los hombres la podrían perdonar.

-Cuando el loro diga que eres buena -respondía su hermano.

Pero el loro que tan fácilmente había aprendido, al enseñárselo Gabriel sin que nadie lo supiera, a decir que Lolita era mala no se avenía, al tratarse de llamar bueno a alguno, a nombrar más que a Amparo. Esta intercedía por su antigua amiga constantemente y todos veían que el castigo se prolongaba demasiado.

Lolita estaba una mañana corriendo en el jardín, acompañada de toda su familia, cuando la abuela, queriendo terminar la triste situación de la niña, le preguntó si prometía enmendarse. El loro al oír el nombre de su joven ama, dijo por primera vez:

-Lola es buena.

Entonces Lolita loca de alegría le sacó de la jaula y le dio un beso en la cabeza. El loro no la pagó con un picotazo, como era de temer, porque la quería mucho.

Desde entonces todos perdonaron a Lolita y no volvieron a hacer la menor alusión a lo pasado.

Amparo recibió una brillante educación al mismo tiempo que Lola, costeando la enseñanza de ambas el tío Salvador, que ya no se separó de la familia.

Fueron todos felices. En cuanto al loro, no volvió a decir que su ama era mala y estuvo en aquella casa hasta que se murió de viejo, cuando ya Lolita y Amparo hacía años que eran viejas también.

* * * * *

EL COCHE MISTERIOSO

A la niña Casilda del Río y de Capua.

José y Teresa tenían dos hijos, el mayor, Miguel, que contaba ya doce años y la menor Carolina que acababa de cumplir seis. Como los padres se dedicaban a los trabajos del campo, pues la mujer ayudaba al marido en aquellas faenas, la niña quedaba siempre al cuidado de su hermano, encargando a este que no la perdiera de vista porque Carolina era tan traviesa como pacífico Miguel.

El pobre muchacho era esclavo de sus deberes y a veces se veía burlado por la niña que salía a la calle para jugar con otras criaturas de su edad. Estas escapatorias causaban serios disgustos a Miguel, que antes de encontrar a su hermana ya imaginaba si se había caído al pozo, si la había atropellado algún caballo, o si la había robado un gitano de aquellos que solían pasar por el pueblo, para vender una cabalgadura en la ciudad próxima procurando engañar al más cándido de sus habitantes.

Una tarde, Miguel se entretenía leyendo un libro de cuentos que le había prestado el hijo del maestro de escuela, y cuando echó de ver que había faltado a su obligación no vigilando a Carolina halló, no sin espanto, que la silla donde había visto sentada por última vez a la niña estaba vacía, quedando junto a ella la muñeca de cartón que aquella había vestido con uno de sus trajes viejos.

Miguel soltó precipitadamente el libro, entró en la sala, en la cocina, en los dormitorios, registró los muebles, llamó con angustia a su hermana y salió luego al patio donde encontró la puerta entornada.

-Por allí se ha escapado -exclamó.

Daba a una calle estrecha con escasos edificios. Vio a dos chiquillos que jugaban y les preguntó si habían visto a Carolina.

-Se ha ido en coche -le contestó uno-, en un coche negro que acaba de pasar por aquí.

Miguel, sin pensar en que dejaba sola la casa y con la puerta del patio abierta, echó a correr hacia el camino de la ciudad y vio a bastante distancia un coche que se alejaba con alguna rapidez.

El muchacho era ágil y emprendió una carrera desesperada, tanto que llegó a alcanzar el carruaje antes de que pasara un cuarto de hora desde que lo divisó.

Se fijó entonces en el coche; estaba pintado de negro, excepto las ruedas que eran amarillas; iba herméticamente cerrado y la portezuela que tenía detrás parecía que llevaba echada una llave. Una cortina ocultaba el único cristal que era de color entre azulado y verde, así es que en el interior debía reinar una obscuridad completa. Tiraban del coche dos caballos flacos y feos y los guiaba desde el pescante un negro vestido con prendas encarnadas y amarillas.

A Miguel le impuso algún respeto aquel hombre y apenas se atrevió a preguntarle si había, visto a una niña, dando las señas de su hermana.

-En una calle estrecha -contestó el negro-, la vi jugando en compañía de dos chicos.

Pero Miguel no creyó aquel engaño y decidió seguir al carruaje hasta que se agotasen sus fuerzas. Felizmente no necesitó andar mucho. Antes de llegar a la ciudad, el negro detuvo los caballos ante una posada de miserable aspecto, entró en el patio, desenganchó los caballos y abriendo la portezuela hizo bajar a un anciano que vestía de un modo tan extraño como él. Cerró después de nuevo y ambos entraron en la sala donde se hallaban ya algunos viajeros.

Miguel se escondió entre unos barriles vacíos y cuando se alejaron los dos misteriosos personajes se aproximó al coche.

-¡Carolina! -exclamó.

Le pareció escuchar un lamento dentro del carruaje, pero por más que hizo no logró abrir la portezuela.

Volvió a ocultarse al ver que el negro entraba en el patio, traía una cazuela con comida y, metiéndose en el coche, la dejó allí, sin duda, pensó el niño, para que su hermana no se muriese de hambre.

-¡Quieta o te pego! -dijo el negro con enfado, amenazando a alguien que Miguel no veía-; si intentas salirte te costará caro.

El niño hubiese deseado defender a Carolina que, según sospechaba, quería escaparse para ir a su encuentro, pero ¿qué podía él, débil y pequeño, contra aquel hombre que era una especie de gigante y que quizás estaría armado y vengaría su atrevimiento maltratando a la niña?

El negro se alejó de nuevo y Miguel se acercó otra vez al coche para que su hermana supiese que él estaba allí y hasta cierto punto velaba por ella.

Carolina no le contestaba, pero Miguel lo atribuía al temor de que volviese el terrible negro.

Pasaron así algunas horas, y el niño se durmió en un rincón del patio. Cuando se despertó empezaba a clarear el cielo. Se asomó a la sala de la posada y vio profundamente dormidos, apoyadas las cabezas sobre la mesa, al negro y al anciano.

Una idea cruzó por su mente; puesto que el coche tenía un cristal ¿no podía romperlo y sacar por allí a su hermana?

Cogió una piedra y dio tan fuertes golpes que pronto quedó una abertura bastante grande para que pudiese pasar un niño. Rápidamente saltaron por ella tres figuras pequeñas con trajes encarnados; una se subió por las rejas de la casa hasta llegar al tejado, otra penetró en la sala y se puso a comer un resto de pan; en cuanto a la tercera fue a ocultarse entre los barriles, temiendo sin duda un castigo. Miguel miró por el cristal roto el interior del coche y pudo convencerse de que no había nadie más en él.

Al volverse encontró a su lado al temido negro, que se había levantado hacía un instante.

-¡Al ladrón! -gritó cogiendo al chico por el cuello.

Al oír sus voces, se despertaron el anciano y otros hombres que dormían en la sala y Miguel no vio en su derredor más que brazos levantados en ademán hostil y rostros amenazadores.

Contó lo ocurrido, pero casi nadie le atendió; sólo el viejo pareció darle algún crédito.

-Nosotros -dijo a Miguel-, llevamos estos monos de pueblo en pueblo para que luzcan sus habilidades, que son muchas, sobre todo las de la mona que está en el tejado, y con lo que sacamos vivimos. Como aman la libertad, los tenemos encerrados en ese coche, mandado construir expresamente para nosotros y para ellos. Ahora, en castigo de tu falta, te encargarás de encerrar a los monos, tarea que no es fácil, y pagarás el cristal roto para que podamos seguir nuestro viaje.

Miguel indicó que no tenía dinero, pero uno de los presentes, vidriero de oficio, se comprometió a poner el cristal, quedándose en cambio con la chaqueta del muchacho que estaba casi nueva. La idea de que cogiera a los monos fue de más difícil realización; el pobre niño anduvo en balde detrás de ellos durante algunas horas sin conseguir alcanzarlos; al fin, como los monos tenían hambre, acudieron para que les dieran de almorzar a la voz de su amo, y este después logró encerrarlos de nuevo en el coche.

Miguel, convencido ya de que Carolina no había sido robada por el anciano y por el negro, emprendió triste y cabizbajo la vuelta al lugar. ¿Cómo se presentaría en su casa sin chaqueta, y qué razón daría que explicase la desaparición de su hermana?

Iba entregado a estos pensamientos, cuando antes de llegar al pueblo vio un grupo numeroso que se dirigía en su busca. Al frente se hallaban sus padres y Carolina. Esta, al conocer al niño de lejos, echó a correr, abrazó a Miguel llorando, y le dijo:

-¡Gracias a Dios que te encontramos! Perdóname porque he sido muy mala para ti. Me escondí en la casa de Pedro y Marcelino y les encargué que te hiciesen creer, cuando fueses a preguntar por mí, que me había ido en lo que llamaban en el pueblo *el coche misterioso*. Cuando supe que te habías marchado detrás del carruaje, te llamé, pero estabas ya lejos y no me oíste. Te esperé el resto de la tarde y toda la noche; me dijeron nuestros padres que yo tendría la culpa si te había pasado algo, y no dejé de llorar ayer y hoy. Ya verás como soy buena, te prometo que no me escaparé más de casa.

Miguel besó a su hermanita y se arrojó luego en los brazos de sus padres, a quienes refirió en breves palabras lo ocurrido.

Carolina no faltó a lo que ofreciera, jamás salió a la calle sin permiso de Miguel; si alguna vez estaba a punto de olvidarlo, su hermano le recordaba su extraña aventura, y la niña se sentaba de nuevo a coser o a jugar con su muñeca de cartón.

Al año siguiente volvió al pueblo el negro guiando el coche misterioso, y los dos hombres y los tres mohos dieron una función en la plaza de la que aún guardan recuerdo los chicos del lugar, particularmente Miguel y Carolina. La niña miró con predilección a la mona con la que llegó a confundirla su hermano cuando iba en el interior del carruaje.

* * * * *

EL GRANO DE ARENA

A mi sobrina María de Asensi y de Castaños

I

Terminaba el mes de Diciembre.

Camino de una de las principales ciudades del Norte de España, en una noche fría y lluviosa, una mujer, llevando una criatura de pocos años en sus brazos andaba triste y fatigada, sin encontrar una casa que le diera albergue ni alimento que reanimase sus quebrantadas fuerzas. La niña lloraba de hambre y temblaba de frío, y su madre no tenía calor para darle vida, ni pan con que sustentarla. Aquella infeliz era viuda, una penosa enfermedad la consumía, y su mayor pesar nacía del temor de no llegar a la población donde vivía un hermano suyo bien acomodado y que le ofrecía, cama y mesa en su morada.

Besaba con ternura a su niña, pero esta no cesaba de gemir.

No lejos de allí estaban sentados en un banco de piedra un viejo y un niño. El viejo gruñía y el niño lloraba.

-Eres un holgazán, Ángel, no sirves más que de estorbo -decía el anciano-; ni trabajas hoy ni trabajarás en tu vida.

-Yo no he nacido para esto, además soy muy pequeño para cargar con tanta leña -murmuraba el muchacho.

-Para eso has venido al mundo, para servir de algo. A tu edad llevaba yo mucho más peso que tú sobre mis costillas. Pero se hace tarde, echemos a andar, que es necesario llegar a la granja antes de las diez.

Ambos se levantaron, el chico cogió la leña que colocó sobre sus hombros y siguió al viejo que era su amo.

Aquel niño no tenía padres, su madre había muerto poco después de su nacimiento y su padre algunos meses más tarde. Le habían acogido por caridad los dueños de una granja, y allí le daban casa y comida a cambio de un trabajo superior a sus años y a sus fuerzas.

Apenas había andado unos treinta pasos, cuando hallaron tendida en el suelo a una mujer inmóvil. El anciano se acercó a ella, vio que estaba viva, pero sin conocimiento, y con la ayuda del chico la dejó al pie de un árbol descansando su cabeza sobre el duro tronco. La mujer llevaba una criatura en los brazos, de la que se apoderó Ángel. Empezó a mecerla como hacen las niñas con sus muñecas, y ella a sonreírse mirándole. El niño buscó algo en su bolsillo, no encontró más que un pedazo de pan negro, y fue introduciendo varias migas en la boca de su nueva compañera.

-No podemos llevar a estas desgraciadas a casa -dijo el viejo-, dejémoslas aquí, y avisaremos al primero que llegue para que las socorra.

-Van a morirse de frío -replicó Ángel-; las dos están heladas y no tendríamos caridad si las abandonásemos en mitad del camino.

-Ya he hecho bastante apartándolas de él; aquí nadie pasa, están seguras.

-Si usted quiere -se atrevió a decir el niño-, me quedaré guardándolas hasta que venga alguien que las ampare.

-Bien, bien -murmuró el viejo que no era completamente malo-, quédate, pero cuida de estar en casa dentro de media hora.

-No faltaré.

El anciano se alejó, la mujer continuó sin movimiento, y la niña pidió más pan.

-Hola -dijo Ángel-, parece que tenemos hambre. La miga se ha acabado, roe si puedes la corteza.

Y se la dio.

-A ver si sabes andar -prosiguió dejándola en el suelo-. Creo que sí, aunque te gusta más estar en brazos. Ya tendrás tres años por lo menos. ¿Cómo te llamas?

-Anita -contestó ella.

-¿Y tu madre?

-Madre.

-¿De dónde vienes?

-Del pueblo.

-¿A dónde vas?
-A otro pueblo.
-¿A cuál?
-A otro.
-Quedo enterado. A verte bien, eres muy bonita, me agradan tu pelo rubio, tus ojitos azules, tu boca tan pequeña y tus dientecillos. No debes ser hija de una gran señora porque hay más de cuatro remiendos en tu vestido tan chico como el de una muñeca, y tus zapatos están agujereados y no llevas sombrero. Me gustaría tener una hermanita como tú. ¿Me das un beso?

Volvió a tomarla en sus brazos y ella le besó. Entretanto la mujer había recobrado el conocimiento, y lo primero que hizo fue llamar a su hija, que Ángel le entregó al punto.

-¿Quién eres tú, niño? -le preguntó.

-Yo, señora, no sé quien soy -contestó el muchacho-, mis padres han muerto, sirvo a todo el mundo, nadie me quiere, el fuerte me pega y el débil se burla de mí. Llevo cargas de leña, saco agua del pozo, cuido el ganado, duermo mal y como peor. Me llamo Ángel.

-¡Cuánto desamparado hay en el mundo! -exclamó la mujer-; ese es tu porvenir, hija mía, cuando yo te falte.

Y al decir esto no pudo contener sus lágrimas.

-¿Quieres hacerme un favor, niño?

-El que usted mande, señora.

-Guiarme hasta la ciudad, y si puedes llevar a mi niña en tus brazos.

-Con mucho gusto.

Olvidó la leña, que quedó allí abandonada, y ayudó a levantarse a la mujer, que después le siguió con vacilante paso. La ciudad no estaba lejos, y casi llegaron a ella sin dificultad, pero antes de entrar la infeliz madre se detuvo sin aliento.

-Niño, me siento morir -murmuró-, haz que me lleven al hospital.

-Dentro de diez minutos, a lo más, estará usted en él.

-No tengo ya fuerzas.

-Iré a decir que traigan una camilla.

-Ángel, si me muero, que la niña vaya a casa de su tío, que vive . . .

-Bien, ya me lo dirá usted en cuanto venga.

El chico dejó a Anita en el suelo y echó a correr. Cuando volvió con algunos hombres que debían conducir al hospital a la enferma, el estado de esta era tan grave que no pudo pronunciar una palabra.

-Me llevaré a la niña a la granja -dijo Ángel, pero en aquel momento un reloj lejano dio las doce, pensó que no era aquella hora a propósito para ir, que le reñirían por su tardanza, y decidió dejar la vuelta para el siguiente día.

II

¿Dónde durmieron Ángel y Anita el resto de la noche? Entre los ladrillos y las maderas que había para la obra de una casa en construcción.

Cuando el niño se despertó, la niña descansaba todavía.

Al abrir los ojos media hora más tarde se halló junto a su protector, del que ni siquiera se acordaba; empezó a llamar al su madre, y después se echó a llorar sin que pudiesen consolarla las caricias de Ángel.

-Voy a llevarte con tu mamá -le dijo, cogiéndola de la mano.

Los dos tenían hambre, pero como estaban sin dinero no pudieron tomar alimento ninguno.

Ángel se dirigió al hospital y supo que la madre de Anita había muerto. Quiso dejar allí la niña para volverse solo a la granja, pero no se lo permitieron y forzoso le fue quedarse de nuevo con ella, pues no podía dejarla desamparada por completo.

Al pobre niño no se le ocurrió entonces otra cosa que ir llamando de puerta en puerta, y a los que le preguntaban lo que deseaba, les decía con la mayor candidez:

-¿Vive aquí el tío de Anita?

Bien fuese porque ninguno de los habitantes de aquellas casas tuviera una sobrina de ese nombre, o porque tomasen al muchacho por un raterillo, lo cierto es que ni una sola morada se abrió para los infelices huérfanos.

A Ángel lo único que no se le ocurría era separarse de la niña; la había tomado cariño y se creía en el deber de velar por ella.

Mendigando reunió algunos cuartos y pedazos de pan duro que mojó en el agua cristalina de una fuente; se comieron estos y guardaron aquellos para cuando tuviesen que hacer algún gasto.

Durante varios días continuaron su vida errante, temiendo Ángel que su antiguo amo le buscase y le encerrara en la granja, a la que no deseaba volver; pero el niño se engañaba, pues en la granja apenas se había notado la falta del pobre ser abandonado.

-¿Qué habrá sido de ese chico? -habían preguntado una mañana, y a la siguiente nadie había vuelto a acordarse de él. Otro mozo más fuerte cargaba con la leña, el amo le reñía menos y le pagaba algo.

Harto Ángel de mendigar, se hizo arenero yendo a todas partes acompañado de Anita, la que cogía frecuentemente en brazos.

Una tarde la niña jugaba en el campo con la arena que Ángel vendía luego; una ráfaga de viento se llevó parte de ella, y Anita se enfadó con aquel enemigo invisible que la importunaba.

-Voy a hacer un montón muy grande para que el aire no la mueva -dijo.

Y casi grano a grano fue formando un pequeño montecillo.

Un anciano que cerca de los niños buscaba plantas raras miró a los dos muchachos con sorpresa, se aproximó muy despacio a ellos y murmuró:

-El grano de arena fue el origen de la montaña que se eleva al cielo. No hay hombre, grano de arena también, que nacido en la más baja esfera no pueda engrandecerse poco a poco por el talento, por el valor o por la virtud.

-Señor, señor -exclamó con vehemencia Ángel-yo quiero ser sabio, bravo y bueno: haga usted algo por mí.

-¿Qué dices tú, niño? -preguntó el anciano-tu mirada es inteligente, tu frente es despejada y dulce tu sonrisa. Siéntate a mi lado y cuéntame quién eres, y cuáles han sido tus primeros pasos por la áspera senda de la vida.

El muchacho obedeció y le refirió cuanto le había sucedido desde su más tierna infancia. El viejo le escuchó guardando silencio hasta que Ángel cesó de hablar.

-Has hecho un gran bien amparando a esta niña; muchos hombres hubieran vacilado antes de tomar tal determinación. Que el débil ampare al débil debe ser un mérito inmenso a los ojos de Dios. Yo soy muy pobre, tanto como tú, pero lo poco que gano quiero compartirlo contigo.

-¿Ves esta planta que guardo en mi caja? Pagan mucho por ella, buscaremos juntos otra semejante, y te daré la mitad de su valor. Además, si anhelas estudiar, ve diariamente a mi morada, que es aquella casita blanca que se descubre desde aquí y te enseñaré cuanto sé.

Ángel no deseaba más que instruirse, le prometió ir todas las noches, pues el día lo necesitaba para trabajar por su querida niña.

III

El muchacho hizo rápidos progresos al lado del anciano, y gracias a su buen comportamiento, fue recomendado por él a unos señores que le admitieron como criado para hacer los recados, y le ascendieron después a secretario del amo de la casa. Con lo que ganaba pagó el hospedaje de Anita en la cabaña de unos buenos labradores, y allí iba a visitarla con frecuencia y a continuar la educación de la niña.

Pero Ángel cumplió los veinte años y tuvo que ser soldado. Entonces fue preciso que partiese de aquellos lugares donde había sido tan feliz. Anita se despidió de él llorando, y Ángel se alejó.

No le seguiremos durante algunos años, baste decir que logró hacerse querer y respetar de todos, y conquistó como militar los más altos puestos y los laureles más envidiables.

Estas noticias llegaron hasta a Anita a quien Ángel escribía siempre como un hermano. La joven las oía con orgullo y al propio tiempo con temor.

-Cuando vuelva -se decía con amargura-se avergonzará de mí, y tal vez ya no me querrá.

Ángel regresó por fin, y Anita creyó notar en él cierta frialdad, que no era otra cosa que una excesiva timidez.

Aquella noche dio el joven un gran banquete, al que asistieron su protegida y el anciano a quien los dos tanto debían.

-Es un león en la pelea -decía uno de los convidados.

-Ha hecho grandes descubrimientos para la ciencia -añadía un segundo.

-Ha ganado honradamente una inmensa fortuna -proseguía un tercero.

-Es necesario que haga un brillante casamiento.

Sólo una princesa sería digna de unirse a él.

Anita oía esto sin atreverse a pronunciar una palabra.

Antes de terminar la comida, Ángel, dirigiéndose a sus amigos, dijo:

-Puesto que muchos de vosotros me habéis acompañado en mis días de desgracia, quiero participaros mi felicidad. Voy a retirarme a estos lugares con la mujer que mi corazón ha elegido, si ella se digna aceptar mi mano.

Anita, pálida y triste, no levantaba los ojos del suelo, temiendo a cada instante oír un nombre desconocido en los labios de su protector. Él le tomó una mano, y le preguntó con dulce acento:

-¿Te negarás a hacerme venturoso siendo mi esposa?

-¡Dios mío -exclamó ella-, gracias te doy porque me concedes tan inmensa felicidad!

-Hijos míos -dijo el anciano maestro-, dignos sois el uno del otro. Mientras el bravo militar se cubría de gloria en los campos de batalla, la modesta aldeana socorría a los pobres y consolaba al desgraciado. El grano de arena es ya montaña y ha subido tanto, que su cúspide toca al cielo y puede ver el reino de Dios representado por uno de sus ángeles. Dichosos aquellos que nacidos en la miseria, todo se lo deben a ellos mismos elevándose por el valor, por el talento y por la virtud.

* * * * *

BIBLIOBAZAAR

The essential book market!

Did you know that you can get any of our titles in large print?

Did you know that we have an ever-growing collection of books in many languages?

Order online:
www.bibliobazaar.com

Find all of your favorite classic books!

Stay up to date with the latest government reports!

At BiblioBazaar, we aim to make knowledge more accessible by making thousands of titles available to you- *quickly and affordably*.

Contact us:
BiblioBazaar
PO Box 21206
Charleston, SC 29413